本局編輯部編

中華戲曲選

中華書局印行

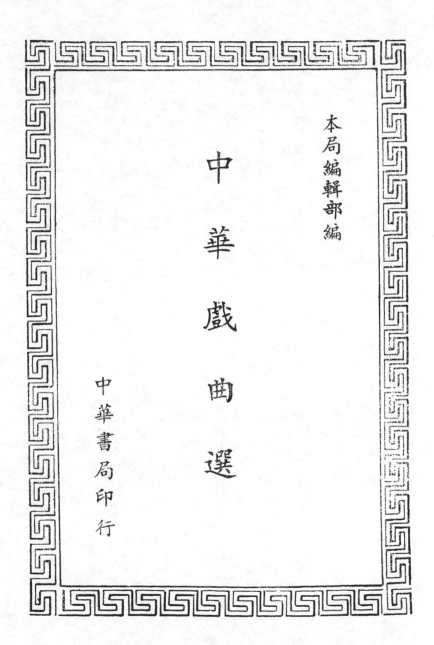

例言

一、本編所選各作，爲元明清三代代表作。但有因作品過長而又有單行本通行坊間的如西廂記、琵琶記、長生殿、桃花扇等概未採入以免割裂之弊。

一、本編可供高中及大學國文敎學及研究參攷之用。

一、編首序說，詳述中國戲曲底流變派別，可作中國戲曲史讀。

一、敎學本編的參攷書有下列各種：

1. 宋元戲曲史——王國維（商務）
2. 中國戲曲概論——吳梅（大東）
3. 元人曲論——曹聚仁（梁溪）
4. 曲海總目提要——黃文暘（大東）
5. 元曲選（商務）
6. 六十種曲
7. 盛明雜劇（中國書店影印）

8. 笠翁十種曲
9. 藏園九種曲
10. 綴白裘

中華戲曲選目錄

序說

一　中國戲曲底淵源及元之南北曲

中國戲曲底四要素　樂曲　滑稽戲　雜戲　小說　宋底雜戲　金底雜戲院本　元之北曲　北曲底數目　北曲底作者　關漢卿　馬致遠　白樸　鄭光祖　王實甫　喬吉甫　元之南曲與北曲底差異　南曲底作者　施惠　高明　徐畛　柯九思

在中國戲曲小說底進步約略是平行的。至唐止兩方面都不脫幼稺之域，入宋始都稍有可觀，至元而兩方均發展至於完成。

中國底戲曲，是歌劇。其構成歌劇的要素有四：卽樂曲，滑稽戲，雜戲，小說。這也可以說是構成中國以前的戲曲底要素。這四種要素，起初雖各個獨立存在，但後來漸漸總合而藝術的地融化，就成了元之戲曲。其樂曲，滑稽劇，雜戲主持戲曲底形式方面，而小說主持戲曲底內容精神方面。今分別約述於次。

（一）樂曲。所謂樂曲，是合音樂而唱的一種曲。以前漢魏底樂府都是能唱的。到了唐，古樂府底歌法漸失，便創出新的樂府來。其歌辭大概是五七言絕句。玄宗時以李龜年爲梨園樂官作曲很多。其時又從西方諸國傳進來各種的胡樂如甘州曲，涼州曲，伊州曲等卽是。其有名的要算霓裳羽衣曲，和婆羅門曲等。唐中葉以後塡詞漸興，經五代而詞家漸多，入宋而極盛，至元而代之以曲，樂曲之變至是已極。其間如北宋趙德麟底商調蝶戀花，把唐元稹底會眞記改成爲十二闋的詞，其合鼓而唱的卽叫做『鼓子詞』在南宋高宗以後流行於民間；又有從六朝傳來經唐入宋的舞樂名叫大曲的，這都是元曲以前的源流。

(二)滑稽戲。滑稽戲在宋稱雜劇。大體與唐之戲劇無大差別。是一種滑稽的，於戲笑之中含着諷刺的戲劇。到了南宋雜劇有了進步，有歌有白，故當時已用爲一般戲底總稱。至元則指北曲爲雜劇，明中葉以後則呼短篇的戲曲爲雜劇。

(三)雜戲。所謂雜戲是說傀儡，影戲等。傀儡始於周末，經漢至唐稍有改變，至宋而大進步，能演出種種的故事。木偶底種類有懸絲傀儡，杖頭傀儡，走線傀儡，藥發傀儡，肉傀儡，水傀儡等。 影戲與傀儡同樣也能演故事。

（四）小說。 小說至宋而白話體發達。 這在起初與其說是讀的，毋寧說是作爲說話的本子講給人家聽的。 這種說話的本子，卽是所謂平話。 後來據此而又產生一種歌唱平話的『陶眞』，『陶眞』底進化的有『諸宮調』。 如金之董解元底絃索西廂卽是『諸宮調』中最著名的。 這又叫做『搊彈詞，』是合琵琶唱的，比趙德麟底商調蝶戀花稍複雜而且是篇幅稍長的。

中國戲曲卽是以上這四種要素底總合，宋底雜劇，金底雜劇院本都是，至元底北曲與南曲遂把這四種要素完全融化而成了一種完美的戲曲。

宋底雜劇，起初只是一種幼穉的滑稽戲，至南宋纔成爲演故事的歌劇。 據周家所著武林舊事，曾擧宋官本雜劇段數二百八十本底目錄。 其中過半數不單是滑稽戲，却是整篇的歌劇。 據其目錄大體可以推察的，

在金有雜劇，院本諸宮調等。 雜劇與院本名雖有二，其實是一種，（但在元有分別。） 因金呼倡伎所居之處爲『行院』故其行院所用的脚本叫做『院

本」院本底種類有六百九十種之多，是很盛行的。也有把院本名爲「五花爨弄」的。這是因爲宋徽宗時有爨國人來演過故名。這其初大概是以五名的優人排演故名爲五花。還有演雜劇的時候在其前或後常做簡單的滑稽戲，普通叫做『雜扮』而在前的雜扮謂之『豔段』在後的謂之『散段』

諸宮調如董解元底紘索西廂就是一例。只是紘索西廂是搊彈詞，是一人兼彈兼唱的；但進一步成了『連廂詞』就有司唱一人，琵琶一人，笙一人，笛一人，和舞者若干人，是比較完美的雜劇。

至元底雜劇，有曲有白，有科，歌劇底體裁就整然完備了。元代底雜劇有北曲與南曲二種。北曲是以大都（今北平）爲中心而發展的，元初最盛。南曲起於南方，元末北曲衰微纔代之而興的。現在先說北曲。

元之北曲又叫做雜劇，即是從金底院本雜劇進化來的。有元一代因廢科舉努力發揮平民文學故當時雜劇底傑作實多。據元鍾嗣成底錄鬼簿所載有四百五十八本，明寧獻王權底太和正音譜所載有五百三十本，且依其內容分爲十二科。故元曲底數目實際恐怕要上千數，唯今所傳的總計不過百十六種。其中收在元曲選裏的只九十四種。元曲選又名元人百種曲，明萬曆年間臧晉叔所編，本有雜劇百種，但其中有六種是明初人所作。元之雜劇作者，在錄鬼簿載有百十一人（再加錄鬼簿著者爲百十二人）這等的作者所作的雜劇其不傳的頗多。但也有雜劇得傳而其作者名姓不傳者。茲把元曲底重要作家略述於次。

關漢卿號己齋叟，大都人。金末以解元貢於鄉，後爲太醫院尹。其雜劇底創作大約在從金底天興至元之中統二三十年間。太和正音譜說，「觀其詞乃可上可下之才，蓋所以取者初爲雜劇之始，故卓以前列。」他底作品有西蜀夢、拜月亭、謝天香、金線池、望江亭、救風塵、單刀會、玉鏡臺、調風月、蝴蝶夢、竇娥冤、魯齊郞、西廂記（第五本）等六十本。

馬致遠號東籬，大都人。任江浙行省務官。比關漢卿稍後。太和正音譜評他道：「其詞典雅淸雋，可與靈光景福相頡頏，振鬣長鳴，則萬馬皆瘖。」他底作品有漢宮秋、任風子、薦福碑、岳陽樓、青衫淚、黃粱夢、陳摶高臥、踏雪尋梅等十三本。

白樸字仁甫，後改太素，號蘭谷，隩州人，後居眞定，故又爲眞定人，他底祖父，元遺山曾爲作墓表，所謂『善人白公』就是其人。其父名華，字文舉，號寓齋，仕於金，爲樞密院判官。仁甫爲寓齋第二子，於遺山爲通家。甫七歲寓齋以事遠適，遺山親如子姪，撫愛甚至。後寓齋以詩謝遺山云：『顧我眞成喪家狗，賴君曾護落巢兒』。後父子卜居於滹陽，至元後徙家金陵，從諸遺老放情山水間，日以詩酒優游，用示雅志。著有天籟詞二卷。其雜劇作品有梧桐雨、牆頭馬上、流紅葉、錢塘夢、銀箏怨、祝英臺、斬白蛇、幸月宮等十七本。太和正音譜評他道：『風骨磊磈，詞源滂沛，大鵬起於北冥，奮翼淩九霄，有一舉萬里之志』。

鄭光祖，字德輝，平陽襄陵人。以儒補杭州路吏。爲人方直，不妄與人交。卒火葬於杭州西湖靈芝之寺。他底作品有㑇梅香、倩女離魂、王粲登樓、業雲娘、秦樓月、玉樹後庭花等二十本。

王實甫又作實父，大都人。約金末元初在世。太和正音譜稱其『鋪敘委婉，深得騷人極趣佳句如玉環之出浴華池，綠珠之採蓮洛浦』他底雜劇共有二十二本。如西廂記（前四本）芙蓉亭、麗春堂、破窰記、多月亭、雙題怨等二十二本。

喬吉甫（或作喬吉）字夢符，號笙鶴翁，又號惺惺道人，太原人。美容儀，能詞章，以威嚴自飭，人敬畏之。居杭州太乙宮前。至正五年卒。他嘗謂作樂府亦有法。鳳頭，豬肚，豹尾是也。大概起要美麗，中要浩蕩，結要響亮。尤貴在首尾貫串，意思清新。若能是斯，可以言樂府矣。他底作品雜劇金錢記、揚州夢、兩世姻緣、黃金臺、節婦碑、荊公遺妾等外尚有惺惺道人樂府一卷，全是小令，為明人李中麓所輯。

以上六人稱北曲中的六大家。而以關漢卿底竇娥冤，馬致遠底漢宮秋，白樸底梧桐雨，鄭光祖底倩女離魂，王實甫底西廂記，喬吉甫底揚州夢、金錢記為北曲中的代表傑作。

六大家以外尙有高文秀（東平人）鄭廷玉（彰德人）李文蔚（眞定人）李直夫（女眞人）石君寶（平陽人）宮天挺（字大用，大名開州人）楊梓（海鹽人）等。其名作亦甚多此地以限於篇幅，不詳述了。

二 明代底戲曲概觀

南曲底性質 吳派與越派 六十種曲 代表作家——王世貞 梁辰魚 梅鼎祚 顧大曲 沈璟 湯顯祖 玉茗堂四夢 還魂記 紫釵記 南柯夢 李日華 屠隆 阮大鋮 雜劇作家——朱權 朱有燉 馮惟敏 徐渭

元之北曲到了明初已經衰微同時南曲（傳奇）卽承之而興盛起來。南曲之祖，卽前所說過的琵琶與其次要算荆劉拜殺到了明朝頗多佳作。戲曲文學底地位，雖因之向上，然其詞曲太過於學者的，注意文句的高尙，多用故事典故等，幷好用四六體底排句，故貴族臭味很强，因而南曲有成爲上流社會底玩弄物的傾向。如明之梁辰魚（伯龍）就是以麗詞作曲的專家。他底浣沙記就是全篇不用一句散語的作品。這樣一來所謂戲曲已經失了戲曲底性質而成了一種敘事的美文了。這一派叫做吳派。與這相對又發生了一種越派。這以沈璟（伯英）等為先鋒，其作品多用俗言俚語，不加修飾，以淺言為貴是其特色。

明之南曲其作品底數目頗多。現在傳其戲曲名的有三百八十六種，知道其作者底名的一百三十五人。然其書漸次亡逸，今日所遺的也不多了。明之南曲主要的集子是六十種曲。這是明末汲古閣出版閱世道人所編撰。其書之重要為研究南曲者所必讀的書。茲舉其目錄及作者如左。

雙珠記（沈　鯨）	尋親記（無名氏）	東郭記（無名氏）
金雀記（無名氏）	焚香記（王玉峯）	荊釵記（柯丹丘）
霞箋記（無名氏）	精忠記（無名氏）	浣紗記（梁伯龍）
琵琶記（高東嘉）	南西廂（無名氏）	幽閨記（施君美）
明珠記（陸天池）	玉簪記（高　濂）	紅拂夢（張大和）
還魂記（湯臨川）	紫釵記（湯臨川）	邯鄲記（湯臨川）

南柯夢（湯臨川）
琴心記（無名氏）
綵毫記（屠長卿）
玉合記（梅禹金）
三元記（無名氏）
飛丸記（無名氏）
西樓記（王舜耕）
青衫記（顧大典）
紫簫記（無名氏）
灌園記（無名氏）
獅吼記（汪廷訥）
殺狗記（徐仲山）
贈書記（無名氏）

北西廂（無名氏）
玉鏡記（朱　鼎）
運甓記（無名氏）
金蓮記（陳汝元）
投梭記（無名氏）
紅梨記（楊初子）
牡丹記（朱春霖）
錦箋記（周螺冠）
水滸記（無名氏）
種玉記（汪廷訥）
義俠記（無名氏）
玉環記（無名氏）
曇花記（屠長卿）

春蕪記（汪　錂）
懷香記（陸天池）
鸞鎞記（葉祖顯）
四喜記（謝　讜）
鳴鳳記（王元美）
八義記（徐叔回）
繡襦記（薛近兗）
蕉帕記（單搓仙）
玉玦記（鄭若庸）
雙烈記（張午山）
千金記（無名氏）
龍膏記（揚夷白）
白兔記（無名氏）

香囊記（邵給諫）　四賢記（無名氏）　節俠記（無名氏）

這六十種曲中的作者其無名氏至今日也有明白了的。如南西廂是李日華，北西廂是王實甫，精忠記是姚茂良，三元記是沈受先，千金記是沈采，紫簫記是湯臨川，義俠記是沈璟，灌園記是張鳳翼，水滸記是許自昌等都是。

通明代底傳奇作家中以王世貞梁辰魚梅鼎祚顧大曲沈璟湯顯祖李日華屠龍阮大鋮等為代表。

王世貞字元美，他底傳記已見第八章第三節。他所著鳴鳳記是寫嚴嵩父子專政誤國楊繼盛上書諍諫，被陷至死的事件的。相傳元美於嵩敗後寫成此劇，其中描寫繼盛底死壯烈激昂很足以感動人。

梁辰魚字伯龍崑山人。為人任俠，王世貞李攀龍等俱折節與他相交。性嗜酒，足跡徧吳楚之間。魏良輔創崑曲時，他作浣紗記付之。浣紗記凡四十五齣。內容是根據范蠡與西施底故事，而敷演出來的。

梅鼎祚字禹金宣城人。通古學，但不作官，自構天追閣埋頭著述。有才鬼記、青泥蓮花記、梅禹金集、歷代文紀、漢魏八代詩乘、古樂苑、書記洞詮、宛雅等著作。他底傳奇王合記凡四十齣，乃是根據唐許堯佑底章臺柳傳與孟棨底本事詩中所載關於柳氏底事實等衍敘而成的。

顧大典字道行號衡寓吳江人。隆慶年間進士，官至福建提學副使。著有清音閣集、海岱吟、閩遊草、園居稿等。他底傳奇底著作有葛衣記、青衫記等、而青衫記爲最有名。

沈璟字伯瑛號寧庵世稱詞隱先生吳江人。萬曆年間進士，官至光祿寺丞。著有南九宮譜二十三卷。他底傳奇底著作有義俠記、桃符記、紅渠記、一種情、翠屏山、望湖亭等二十一種。

湯顯祖字義仍號若士臨川人。萬曆十一年進士，由南京太常博士官禮部主事，因憤政府信私人，塞言路，抗疏得罪，謫爲廣東徐聞典史。後爲遂昌縣知縣，旋劊官窮居二十年，研究詞曲所得甚精。六十八歲死。著有玉茗堂全集，世稱臨川先生。其玉茗堂四夢卽是他底代表作。

玉茗堂四夢卽還魂記、紫釵記、南柯夢、邯鄲夢四種。這些作品都在六十種曲中。

還魂記全篇五十五齣，爲玉茗堂四夢中最傑出的作品。其中的主要人物是柳夢梅與杜麗娘。其梗概南宋時有杜麗娘者其父名杜寶，是唐杜甫底後裔。杜寶作南安太守時有聲譽，聘一老儒名陳最良的教麗娘學習詩書。有一個春天，麗娘與侍女春香共遊後花園倦歸而眠，夢一青年手持柳枝，誘伊至後花園牡丹亭下交歡，迨醒時方知是夢。由此麗娘就戀念夢中的青年，得了病，日見沈重，乃自畫一像藏于牡丹亭邊亭石之間，不久便死去了。杜寶夫人依麗娘底遺言把伊葬於後花園梅樹下，建一梅花庵，使石道姑守之。其時杜寶因陞任安撫使到揚州赴任去了。別有一名叫柳春卿的青年，他是唐柳宗元之後裔，他因夢在梅下見一美人就改名爲柳夢梅。其後因應試路經南安遇風雪卽寓居梅花庵。偶然於亭石之間，發現麗娘底畫像，以爲與夢中會着的同樣便供養起來，早晚拜玩着，其時麗娘死已三年了。這齣的結果就是後來麗娘復活，與夢梅成爲夫婦。夢梅幷中了狀元帶了麗娘在臨安與伊底父母一家團圓。這齣是萬曆二十六年作成的，現在其原本已經亡逸了。六十種曲中的本子是很經過删改的。紫釵記全篇五十三齣。乃唐人小說霍小玉傳底翻案。原傳叙至小玉與李益相見時，訴益負心畳絕而死爲止。此劇則改爲小玉未死，爲益所喚醒，復爲夫婦。

南柯夢全篇四十四齣。是以唐人小說南柯記爲根據的。

邯鄲夢全篇三十齣，是以唐人小說枕中說爲根據的。其內容無大差異。

李日華字君實號竹懶，又號九疑，嘉興人。萬曆二十年進士，官至太僕寺少卿。著有官制備考、姓氏譜纂、攜李叢談、書畫想像錄、紫挑軒雜綴、竹懶畫賸、六研齋筆記等。他底傳奇南西廂，全二十齣。但一說此齣非他所作。

屠隆字緯眞一字長卿，號赤水，鄞縣人。萬曆年間進士官潁上知縣，後轉靑浦，招名士飲酒賦詩，遊於九峯三泖間，自稱『仙令』。後官至禮部主事，罷後，家貧以賣文爲活。他底傳奇著作，有曇花記、修文記、彩毫記三種。曇花記叙唐時木清泰與郭子儀成名後，棄家訪道的故事。修文記叙李賀底事跡。彩毫記是叙李白底事跡的。

阮大鋮字集之號圓海，又號百子山樵，懷寧人。萬曆四十四年進士，官太常少卿。因黨逆閹魏忠賢莊烈帝即位後，罷職，移居南京過着豪奢的生活。後莊烈帝崩於北京，南京福王立，他再任官與馬士英等相結，遂陞兵部尚書。清兵迫南京福王被捕時，他一時逃亡，後卒降清朝，從軍至仙霞嶺仆於石上而死。在桃花扇傳奇中他是非常被排擊的人。所著傳奇有燕子箋、春燈謎、雙金榜、牟尼合、忠孝環五種。而以燕子箋春燈謎兩種爲最著名。

以上是明代傳奇底作家。至明底雜劇著作家雖則很少，但其雜劇是汲取元之北曲之流而稍加變更的，故也有說述的必要。大抵明代雜劇是以北曲爲例，也是一篇四折或是獨唱的，但不甚嚴守規則，常把南曲底宮調混入。故在明代稱爲雜劇，實在看作傳奇也是可以的。明代底雜劇作家，最著名的有朱權，朱有燉、馮惟敏、徐渭等。

朱權即寧獻王號臞仙又號涵虛子，丹丘先生，又稱柯丹丘。明太祖第十六子，洪武二十四年，封寧王，永樂初改封南昌。性驕恣好風流。然博學好古，諸書無所不窺，旁通釋老，尤長於史。正統末年，著有采芝吟，太和正音譜等，并刊行各書原本數十種。他底戲曲，除南曲荆釵記外，還有雜劇十二種。

朱有燉卽周憲王。他是周定王長子，洪熙元年襲封父職，景泰三年卒。他博學工詞曲兼能書。所著有金元風範、誠齋錄、誠齋新錄等。他底雜劇底作品有三十種。李夢陽詩云：『齊唱憲王新樂府，金梁橋外月如霜。』牛恒詩云：『唱徹憲王新樂府，不知明月下樊樓。』他在當時其詞曲底流行可想而知了。

馮惟敏字汝行號海浮臨朐人。以舉人爲保定通判。工詩文詞曲，王世貞稱他爲北曲之傑出者。著有山堂詞稿擊節餘音等，他底雜劇梁狀元不伏老是很有名的。

徐渭字文長一字文清，號天池，浙江山陰人。工詩文書畫。爲總督胡宗憲底幕賓，因獻奇計有功。後宗憲下獄他恐禍及，發狂自殺不果，殺妻入獄。後出獄，晚年自號青藤。他底著作有路史分釋筆文要旨、徐文長集等。他底雜劇作品四聲猿是很有名的。四聲猿包含四個故事，卽漁陽弄、翠鄉夢、雌木蘭、女狀元。

以外雜劇作家有名的還有谷子敬、梁辰魚、梅鼎祚、汪道昆、陳與郊、沈自徵、葉憲祖、孟稱舜、康海等。其作品谷子敬有呂洞賓三渡城南柳、梁辰魚有紅線女、梅鼎祚有崑崙奴，汪道昆有高唐夢、五湖遊、遠山戲、洛水悲，陳汝郊有昭君出塞、文姬入塞、義犬等，沈自徵有霸亭秋、鞭歌妓、簪花髻等，葉憲祖有北邙說法、團花鳳，孟稱舜有桃花人面、死裏逃生，康海有中山狼等。這些作品除谷子敬的收在元曲選裏面其餘都見於盛明雜劇三十種中。

三　清代底戲曲概觀

清代戲曲與崑曲　清代戲曲作家　吳偉業　袁于令　李玉　李漁　尤侗　洪昇　孔尙任　張堅　萬樹　夏綸　蔣士銓　楊潮觀　陳烺　黃憲清　周文泉　清代底戲曲評論

說到清朝底戲曲，不可不先把崑曲說一說。崑曲傳說是明嘉靖隆慶頃魏良輔所創。魏良輔他是一個非凡的音樂家，他改良從來演戲所用的弋陽海鹽兩種樂曲特創崑曲，即依其樂譜以演南曲。向來演戲時樂器之種類甚少，唱工也很平淡，至魏良輔出，大加改革，唱工一方極有進步，樂器底種類，也加多了。笛子、簫、絃子、琵琶、笙、提琴、九音鑼、夾板、懷鼓等，都是演崑曲時所不可少的樂器，而演武戲時且有堂鼓、大鑼、小鑼、大鈸、小鈸、齊鈸、嗩吶、海笛等。魏良輔是崑山人，故稱爲崑曲。但也有因明末有名叫蘇崑生的唱曲名家（見桃花扇傳奇）故名爲崑曲之說，殊不可從。

崑曲最流行的時代，要算從明末到清初這期間。在明末的燕子箋、清初的長生殿、桃花扇等，都是風行一時的作品。其時崑曲底本源地崑山說是無論市井販夫田間農牧，都能唱一二節崑曲。但崑曲在音樂中原是上品，在文學中是很高尙的，後來漸漸爲流俗所厭棄，故到乾隆之末就衰微起來，代之而興的就是徽調、京調、梆子等了。

清代戲曲底作家，前後約二百餘人。然其最重要的祗明末清初底吳偉業，袁于令、李玉、李漁、尤侗等，康熙時代底洪昇、孔尙任、張堅、萬樹等，雍正乾隆時代底夏綸、蔣士銓、楊潮、嘉慶時代底陳烺，道光時代底黃憲清周文泉等十餘人而已。

吳偉業字梅村，一字駿公，太倉人。崇禎進士。康熙時累官國子祭酒。詩畫兼工。他底戲曲作品有通天臺、臨春閣、秣陵春，三種。都是雜劇，其中以秣陵春爲最佳。秣陵春凡四十一齣，叙徐適與黃展娘事寓意甚深。

袁于令原名韞玉，字令昭，號籜庵，吳縣人。官至荊州知府。他底作品有金鎖記、玉符記、珍珠衫、鷫鸘裘、西樓記等，而以描寫于鵑與穆素徽底故事的西樓記爲最有名。

李玉字玄玉，吳縣人。他著有雜劇三十三種，其中最膾炙人口的是一捧雪、人獸關、永團圓、占花魁四種。一捧雪凡三十折，叙莫懷古因一玉杯名一捧雪幾被嚴世蕃所殺的故事。人獸關凡三十三折，叙一好周濟窮苦的施濟與一負心的桂薪底故事的。永團圓凡三十二折，叙蔡文英與江蘭芳底故事的。占花魁凡二十八齣，叙賣油郎與花魁底故事的。

李漁號笠翁，明末清初蘭溪人。一生不仕，詩曲文章皆爲名手。他寓居錢塘甚久，與尤侗等交情甚深。他底著作有小說十二樓，戲曲十種曲戲曲論閒情偶寄等。

十種曲即風箏誤三十齣，愼鸞交三十四齣，奈何天三十齣，憐香伴三十二齣，比目魚三十二齣，意中緣三十齣，玉騷頭二十九齣，蜃中樓三十齣，巧團圓三十四齣，鳳求凰三十齣。他底戲曲文詞極其通俗，結構極其精密。他底閒情偶寄可算向來最有名的戲曲論。其中所論詞曲底結構，詞采音律賓白科諢格局和關於戲曲實演的選劇變調，授曲敎白脫套等其見解是很正確的。

尤侗字同人，一字展成，號西堂，又有悔庵，艮齋等別號，長洲人。官翰林院檢討。他是詩詞古文的名家，康熙曾呼他爲老名士。康熙四十三年卒，年八十七。著有西堂雜俎、艮齋雜記、鶴栖堂文集等。他底劇作有雜劇五種，傳奇一種，其中以黑白衞、讀離騷、鈞天樂等爲最著名。

洪昇字昉思，號稗村，錢塘人。康熙時監生，以戲曲家名高於世。因國喪日演長生殿一劇被罷免，陷於窮困，遂墮水而死。他底劇作有雜劇一種，傳奇八種，而以長生殿一劇爲最有名。

長生殿敍唐玄宗與楊貴妃的故事，是以白居易的長恨歌與陳鴻底長恨歌傳爲藍本的。分上下兩卷全五十齣，康熙十八年出版。其第一齣的下塲詩云：

唐明皇歡好霓裳讌　楊貴妃魂斷漁陽變
鴻都客引會廣寒宮　織女星盟證長生殿

這就是全篇的梗概。

孔尚任字季重，一字聘之，號云亭，又號東塘，曲阜人。孔子底後裔。康熙中爲國子監博士，後官至戶部員外郎。所著有闕里新志、岸塘文集、湖海詩集、會心錄、節序同風錄等。他所作桃花扇是淸代戲曲的精粹，與洪昇底長生殿，幷馳名於當世。

桃花扇是敍明末復社文士侯朝宗與秦淮底名妓李香君底風流韻事的。是一篇描寫明朝滅亡與南京底盛衰的大史劇。他在其卷端說：「族兄方訓公崇禎末爲南部曹，予舅翁秦光儀先生其姻婭也。避亂依之，羈留三載，得弘光遺事甚悉。旋里後數數爲余言之，證以諸家稗記，無弗同者，蓋實錄也。獨香姬面血濺扇，楊龍友以畫筆點之，此則龍友小史言於方訓公者，雖不見諸別籍，其事則新奇可傳，桃花扇一劇感此而作也。南朝興亡，遂繫之桃花扇底。』這是他作這戲曲的本旨。這劇全四十四齣，於康熙三十八年作成的。『有明三百年結局，君臣將相奸佞忠良，其間可褒可誅可歌可泣者，雖百千萬言亦不能盡，茲獨借管絃拍板，寫其悲感纏綿之致，又從最不要緊幾輩老名士老白相老靑樓，飲嘯談諧，禍患離合終始之跡，而寄國家興亡，君子小人成敗死生之大，故貫穿往覆，揮灑淋漓。大旨要歸，眼如注矢，悽音楚調，聲似迴瀾，紀事處忽爾鍾情，情盡處忽爾見道，戰爭付之流水，兒女終歸空花。作史傳觀可，作內典觀亦可，寧徒慷慨悲歌，聽者墮淚而已乎！』（黃元治底跋語）觀此則書的價值很可想見了。

張堅字漱石，江寧人。他著有戲曲四種，卽夢中緣、梅花簪、懷沙記、玉獅墜。這又叫作玉燕堂四種，或各取頭一字名爲夢梅懷玉。其中以玉獅墜爲最有名。

萬樹字花農，一字紅友，宜興人。爲兩廣總督吳興祚底幕賓。他精通樂律，所著詞律，在詞壇是很珍重的書。 所作戲曲有雜劇珊瑚珠、舞霓裳、藐姑仙、青錢賺、焚書鬧、罵東風、三茅宴、玉山宴等，傳奇有風流棒、空青石、念八翻、錦塵帆、十串珠、萬金甕、金神鳳、資齋鑑等。

夏綸字惺齋，號臞叟，錢塘人。 他著傳奇六種，其中五種是教忠孝節悌義五德的，故他底創作可以說是教訓爲主旨的。 卽是無瑕璧題爲褒忠傳奇，是教忠的，杏花村題爲闡孝傳奇，是教孝的，瑞筠圖題爲表節傳奇，是教節的，廣寒梯題爲勸義傳奇，是教義的，花萼吟題爲式好傳奇，是教悌的。 惟此外南陽樂一種則題爲補恨傳奇，說諸葛亮幷未死於五丈原，終滅吳魏，使蜀漢統一天下。

蔣士銓字心餘，一字苕生，號淸容，鉛山人。 他底戲曲作品有紅雪樓九種曲。卽空谷香三十齣，一片石四齣，第二碑六齣，冬青樹三十八齣，四絃秋四齣，香祖樓三十二齣，臨川夢二十齣，桂林霜二十四齣，雪中人十六齣。 其中以空谷香敘顧瓚園之妾死後歸蕊珠宮，香祖樓敘仲約禮與他底妻李若蘭離合事爲好的作品。

楊潮觀字宏度，號笠湖，無錫人。官四川邛州知州。他著吟風閣傳奇三十二回，每回有元代雜劇式的標題，但別無題目正名，且每一回都是成首尾，故也沒有楔子，大抵是如元曲底一節。全書分爲甲乙丙丁四集，其標題如左：

窮阮籍醉罵財神　快活山樵歌九轉
李衞公替龍行雨　黃石婆授計逃關
新豐店馬周題詩　大江西小姑送風
溫太眞晉陽分別　邯鄲夢錯嫁才人
（以上甲集）

汲長孺矯詔發倉　賀蘭山謫仙贈帶
夜香臺太君訓子　開金榜五星聚奎
魯仲連單鞭蹈海　荷花蕩將種逃生
李郎法伏猪婆龍　魏徵破笏再朝天
（以上乙集）

荀灌娘圍城救父　信陵君義葬金釵
動文昌狀元配瞽　感天后神女露筋
華表柱延陵掛劍　東萊郡暮夜却金
下江南曹彬誓衆　韓文公雪擁藍關
（以上丙集）
偸桃捉住東方朔　換扇巧逢春夢婆
西塞山漁翁封拜　諸葛亮夜祭瀘江
凝碧池忠魂再表　大葱嶺集履西歸
寇萊公思親罷宴　翠微亭卸甲閒遊
（以上丁集）

陳烺字叔明，號潛翁，陽湖人。他底戲曲作品有玉種堂五種。即仙緣記、海虬記、蜀錦袍、燕子樓、梅喜緣。其中以燕子樓敍唐代張建封與其愛妓關盼盼底故事的爲佳作。元曲中也有關盼盼春風燕子樓一劇，但其書現已亡逸，陳烺所作自是別書。又清群玉山樵所作，也有與此同名的作品。

黃憲清字韻珊海鹽人。他底戲曲作品著有倚晴樓七種。即茂陵絃、帝女花、脊令原、鴛鴦鏡、凌波影、桃谿雪、居首鑑。其中以帝女花桃谿雪二種爲最有名。他底作品以外還有當鑪豔一劇敘司馬相如與卓文君底故事的。

周文泉號練情子。嘉慶末曾官邵陽知縣。他底戲曲著作有補天石傳奇八種。即

宴金臺（太子丹恥雪西秦）　六齣
定中原（丞相亮祚綿東漢）　四齣
河梁歸（明月胡笳歸漢將）　四齣
琵琶語（春風圖畫返明妃）　六齣
紉蘭佩（屈大夫魂返汨羅江）　六齣
碎金牌（岳元戎凱宴黃龍府）　六齣
紞如鼓（賢使君製還如意子）　四齣

波弋香（眞情種遠覓返魂香）六齣

這等的戲曲其旨意都是與夏綸底南陽樂同樣。把古來史上的遺憾與不平，而給予以滿足的歸結的。

清代底戲曲評論也很發達。除上所說的李漁底閒情偶寄外尚有楊恩壽底詞餘叢話，梁延枏底曲話，李調元底雨村曲話，焦循底劇說等，都是很重要的著作。

中華戲曲選

漢宮秋（一）　　馬致遠（二）

楔子

〔冲末扮番王引部落上詩云〕氈帳秋風迷宿草，穹廬夜月聽悲笳。控弦百萬爲君長，欵塞稱藩屬漢家。某乃呼韓耶單于是也，久居朔漠，獨霸北方，以射獵爲生，攻伐爲事。文王曾避俺東徙，魏絳曾怕俺講和。獯鬻玁狁，逐代易名；單于可汗，隨時稱號。當秦漢交兵之時，中原有事，俺國强盛，有控弦甲士百萬。俺祖公公冒頓單于，圍漢高帝于白登七日，用婁敬之謀，兩國講和，以公主嫁俺國中。至惠帝呂后以來，每代必循故事，以宗女歸俺番家。宣帝之世，我衆兄弟爭立不定，國勢稍弱。今衆部落立我爲呼韓耶單于，實是漢朝外甥。我有甲士十萬，南移近塞，稱藩漢室。昨曾遣使進貢，欲請公主，未知漢帝肯尋盟約否？今日天高氣爽，衆頭目每向沙堤射獵一番，多少是好！正是番家無產業，弓矢是生涯。〔下〕〔淨扮毛延壽上詩云〕爲人鵰心鴈爪，做事欺大壓小。全憑諂佞姦貪，一生受用不了。某非別人，毛延壽的便是。見在漢朝駕下爲中大夫之職。因我百般巧詐，一味諂諛，哄的皇帝老頭兒十分歡喜，言聽計從。朝裏朝外，那一個不敬我？那一個不怕我？我又學的一個法兒，只是教皇帝少見儒臣，多昵女色，我這寵幸纔得牢固。道尤未了，聖駕早上。〔正末扮漢元帝引內官宮女上詩云〕嗣傳十葉繼炎劉，獨掌乾坤四百州。邊塞久盟和議策，從今高枕已無憂。

某漢元帝是也。俺祖高皇帝奮布衣，起豐沛，滅秦屠項，掙下這等基業，傳到朕躬已是十代。自朕嗣位以來，四海晏然，八方寧靜，非朕躬有德，皆賴衆文武扶持。自先帝晏駕之後，宮女盡放出宮去了；今後宮寂寞，如何是好？〔毛延壽云〕陛下！田舍翁多收十斛麥，尚欲易婦，況陛下貴為天子，富有四海，合無遺官徧行天下選擇室女？不分王侯宰相軍民人家，但要十五以上二十以下者，容貌端正，盡選將來，以充後宮，有何不可？〔駕云〕卿說的是！就加卿為選擇使，齎領詔書一通，徧行天下刷選；將選中者各圖形一軸送來。朕按圖臨幸，待卿成功回時，別有區處。〔唱〕

仙呂賞花時　四海平安絕士馬，五穀豐登沒戰伐。寡人待刷室女，選宮娃，你避不的驅馳困乏？看那一個合屬俺帝王家？〔下〕

第一折

〔毛延壽上詩云〕大塊黃金任意撾，血海王條全不怕。生前只要有錢財，死後那管人唾罵！某毛延壽，領着大漢皇帝聖旨，徧行天下，刷選室女，已選勾九十九名。各家儘肯餽送，所得金銀，却也不少。昨日來到成都秭歸縣，(三)選得一人，乃是王長者之女，名喚王嬙，字昭君；生得光彩射人，十分艷麗，眞乃天下絕色；爭奈他本是莊農人家，無大錢財。我問他要百兩黃金，選為第一，他一則說家道貧窮，二則倚着他容貌出衆，全然不肯。我本待退了他……〔做忖科云〕不要，倒好了他。眉頭一縱，計上心來：只把美人圖點上些破綻，到京師必定發入冷宮，敎他受苦一世。正是：恨小非君子，無毒不丈夫。〔下〕〔正旦扮王嬙引二宮女上詩云〕一日承宣入上陽，十年未得見君王。良宵寂寂誰來伴？惟有琵琶引興長。妾身王嬙，小字昭君，成都秭歸人也。父親王長者平生務農爲業。母親生妾時，夢月光入懷，復墜於地，後來生下妾身。年長一十八歲，蒙恩選充後宮。不想使臣毛延壽問妾身索要金銀，不曾與他，將妾影圖點破，不曾得見君王。現今退居永巷。妾身在家頗通絲竹，彈得幾曲琵琶，當此夜深孤悶之時，我試理一曲消遣咱。〔做彈科〕〔駕引內官提燈上云〕某漢元帝，自從刷選室女入宮，多有不曾寵幸，煞是怨望咱。今日萬幾稍暇，不免巡走一遭，看那個有緣的得遇朕躬也呵！〔唱〕

仙呂點絳唇　車碾殘花，玉人月下吹簫罷；未遇宮娃，是幾度添白髮！

混江龍　料必他珠簾不掛，望昭陽一步一天涯。疑了些無風竹影，恨了些有月窗紗。他每見絃管聲中巡玉輦，恰便似斗牛星畔盼浮槎。〔旦做彈科〕〔駕云〕是那裏彈的琵琶響？〔內官云〕是。〔正末唱〕是誰人偷彈一曲，寫出嗟呀？〔內官云〕快報去接駕。〔駕云〕不要。〔唱〕莫便要忙傳聖旨，報與他家。我則怕乍蒙恩，把不定心兒怕，驚起宮槐宿鳥，庭樹棲鴉。

〔云〕小黃門，你看是那一宮的宮女彈琵琶？傳旨去教他來接駕，不要驚諕着他。〔內官報科云〕兀！那彈琵琶的是那位娘娘？聖駕到來，急忙迎接者。〔旦趨接科〕〔駕唱〕

油葫蘆　怨無罪，吾當親問咱，這裏屬那位下？休怪我不曾來往乍行踏，我特來塡還你這淚搵濕鮫綃帕，(四)溫和你露冷透凌波襪。天生下這豔姿，合是我寵幸他。今宵畫燭銀臺下，剗地管喜信爆燈花。

〔云〕小黃門，你看那紗籠內燭光越亮了，你與我挑起來看咱。〔唱〕

天下樂　和他也弄着精神射絳紗！卿家你覷咱則他那瘦岩岩影兒可喜殺。〔旦云〕妾身早知陛下駕臨，只合遠接；接駕不早，妾該萬死。〔駕唱〕　迎頭兒稱妾身，滿口兒呼陛下：必不是尋常百姓家。

〔云〕看了他容貌端正，是好女子也呵。〔唱〕

醉中天　將兩葉賽宮樣眉兒畫，把一個宜梳裹臉兒搽；額角香鈿貼翠花，一笑有傾城價。若是越勾踐姑蘇臺上見他，那西施半籌也不納；更敢早十年敗國亡家。

〔云〕你這等模樣出衆，誰家女子？〔旦云〕妾姓王名嬙字昭君，成都秭歸縣人。父親王長者。祖父以來，務農爲業，閭閻百姓，不知帝王家禮度。〔駕唱〕

金盞兒　我看你眉掃黛，鬢堆鴉，腰弄柳，臉舒霞：那昭陽到處難安插；誰問你一犂兩壩做生涯？也是你君恩留枕簟，天教雨露潤桑麻。既不沙，俺江山千萬里，直尋到茅舍兩三家。

〔云〕看卿這等體態，如何不得近幸？〔旦云〕妾父王長者，當初選時，使臣毛延壽索要金銀，妾家貧寒無湊，故將妾眼下點成破綻，因此發入冷宮。〔駕云〕小黃門你取那影圖來看。〔黃門取圖看科〕〔駕唱〕

醉扶歸　我則問那待詔別無話，却怎麼這顏色不加搽？點得這一寸秋波玉有瑕，端的是卿眇目，他雙瞎，便宜的八百姻嬌比並他，也未必强如俺娘娘帶破賺丹青畫。

〔云〕小黃門傳旨說與金吾衛便拏毛延壽斬首報來。〔旦云〕陛下妾父母在成都見隸民籍，望陛下恩典寬免，量與些恩榮咱。〔駕云〕這個煞容易！〔唱〕

金盞兒　你便晨挑菜夜看瓜，春種穀夏澆麻，情取棘針門粉壁上除了差法；你向正陽門改嫁的倒榮華！俺官職頗高如村社長，這宅院剛大似縣官衙。謝天地，可憐窮女婿，再誰敢欺負俺丈人家？

〔云〕近前來聽寡人旨，封你做明妃者。〔旦云〕量妾身怎生消受的陛下恩寵！〔做謝恩科〕〔駕唱〕

賺煞　且盡此宵情，休問明朝話。〔旦云〕陛下明朝早早駕臨，妾這裏候駕。〔駕唱〕到明日，多管是醉臥在昭陽御榻。〔旦云〕妾身賤微，雖蒙恩寵，怎敢望與陛下同榻？〔駕唱〕休煩惱吾當且是要鬬卿來便當眞假。恰纔家輦路兒熟滑，怎下的眞個長門再不踏？明夜裏西宮閤下，你是必悄聲兒接駕，我則怕，六宮人攀例撥琵琶。〔下〕

〔旦云〕駕回了也。左右且掩上宮門，我睡些去。〔下〕

第二折

〔番王引部落上云〕某呼韓單于，昨遣使臣欵漢，請嫁公主與俺，漢皇帝以公主尚幼爲辭，我心中好不自在！想漢家宮中無邊宮女，就與俺一個，打甚不緊，直將使臣趕回。我欲待起兵南侵，又恐怕失了數年和好；且看事勢如何，別做道理。〔毛延壽上云〕某毛延壽只因刷選宮女索要金銀，將王昭君美人圖點破，送入冷宮；不想皇帝親幸問出端的，要將我加刑，我得空逃走了，無處投奔，左右是左右，將着這一軸美人圖獻與單于王，着他按圖索要，不怕漢朝不與他。走了數日，來到這裏，遠遠的望見人馬浩大，敢是穹廬也。〔做問科云〕頭目，你啟報單于王知道，說漢朝大臣來投見哩。〔卒報科〕〔番王云〕着他過來。〔見科云〕你是什麼人？〔毛延壽云〕某是漢朝中大夫毛延壽，有我漢朝西宮閤下美人王昭君，生得絕色。前者大王遣使求公主時，那昭君情願請行；漢主捨不的，不肯放來。某再三苦諫，說豈可重女色，失兩國之好；漢主倒要殺我。某因此帶了這美人圖，獻與大王；可遣使按圖索要，必然得了也。這就是圖樣。〔進上看科〕

〔番王云〕世間那有如此女人！若得他做閼氏，我願足矣。如今就差一番官，率領部從，寫書與漢天子，求索王昭君與俺和親。若不肯與，不日南侵，江山難保；就一壁廂引控甲士隨他打獵，延入塞內，偵候動靜多少是好！〔下〕〔旦引宮女上云〕妾身王嬙，自前日蒙恩臨幸，不覺又旬月。主上眤愛過甚，久不設朝。聞的升殿去了，我且向妝臺邊梳妝一會，收拾齊整，只怕駕來好伏侍。〔做對鏡科〕〔駕上云〕自從西宮閣下，得見了王昭君，使朕如癡似醉，久不臨朝。今日方才升殿，等不的散了，只索再到西宮看一看去。〔唱〕

南呂一枝花　四時雨露勻，萬里江山秀。忠臣皆有用，高枕已無憂。守着那皓齒星眸，爭忍的虛白晝？近新來染得些証候：一半兒爲國憂民，一半兒愁花病酒。

梁州第七　我雖是見宰相，似文王施禮；一頭地離明妃，早宋玉悲秋。怎禁他帶天香着莫定龍衣袖？他諸餘可愛，所事兒相投：消磨人幽悶，陪伴我閒游，偏宜向梨花月底登樓，芙蓉燭下藏鬮。體態是二十年挑剔就的溫柔，姻緣是五百載該撥下的配偶；臉兒有一千般說不盡的風流。寡人乞求他左右他，比那落伽山觀自在無楊柳。(五)見一面得長壽，情繫人心早晚休，則除是雨歇雲收。

〔做望見科云〕且不要驚着他，待朕悄地看咱。〔唱〕

隔尾　恁的般長門前抱怨的宮娥舊，怎知我西宮下偏心兒夢境熟？愛他晚妝罷，描不成，畫不就，尚對菱花自羞。〔做到旦背後看科〕〔唱〕我來到這粧臺背後，元來廣寒殿嫦娥在這月明裏有。

〔旦做見接駕科〕〔外扮尚書丑扮常侍上詩云〕 調和鼎鼐理陰陽，秉軸持鈞政事堂。只會中書陪伴食，何曾一日爲君王？某尚書令五鹿充宗是也。這個是內常侍石顯。今日朝罷，有番國遣使來索王嬙和番，不免奏駕。來到西宮閣下，只索進去。〔做見科云〕 奏的我主得知：如今北番呼韓單于差一使臣前來說毛延壽將美人圖獻與他，索要昭君娘娘和番，以息刀兵；不然，他大勢南侵，江山不可保矣。〔駕云〕 我養軍千日，用軍一時，空有滿朝文武，那一個與我退的番兵？都是些畏刀避箭的，恁不去出力，怎生教娘娘和番！〔唱〕

牧羊關 興廢從來有，干戈不肯休，可不食君祿，命懸君口？太平時，賣你宰相功勞，有事處，把俺佳人遞流。你們乾請了皇家俸，着甚的分破帝王憂？那壁廂鎖樹的，怕彎着手，這壁廂攀欄的，怕攧破了頭。

〔尚書云〕 他外國說陛下寵昵王嬙，朝綱盡廢，壞了國家；若不與他興兵弔伐……臣想紂王只爲寵妲己，國破身亡，是其鑒也。〔駕唱〕

賀新郎 俺又不曾徹靑霄高蓋起摘星樓；不說他伊尹扶湯，則說那武王伐紂。有一朝身到黃泉後，若和他留侯、(六) 留侯厮遘，你可也羞那不羞？您臥重裀，食列鼎，乘肥馬，衣輕裘。您須見舞春風嫩柳宮腰瘦；怎下的教他環珮影搖青塚月，琵琶聲斷黑江秋？

〔尙書云〕陛下，咱這裏兵甲不利，又無猛將與他相持；倘或疎失，如之奈何？望陛下割恩與他，以救一國生靈之命。〔駕唱〕

鬬蝦蟆　當日個誰展英雄手，能梟項羽頭，把江山屬俺炎劉？全虧韓元帥，（七）九里山前戰鬬，十大功勞成就。恁也丹墀裏頭，枉被金章紫綬；恁也朱門裏頭，都寵着歌衫舞袖；恐怕邊關透漏，央及家人奔驟，似箭穿着雁口，沒個人敢咳嗽：吾當僝僽他也！他也紅粧年幼，無人搭救；昭君共你每有甚麼殺父母寃讎？休休！少不的滿朝中都做了毛延壽。我呵！空掌着文武三千隊，中原四百州，只待要割鴻溝；陡恁的千軍易得，一將難求。

〔常侍云〕見今番使朝外等宣。〔駕云〕罷，罷，罷，教番使臨朝來。〔番使入見科云〕呼韓耶單于差臣南來奏大漢皇帝：北國與南朝，自來結親和好；曾兩次差人求公主，不與；今有毛延壽將一美人圖，獻與俺單于，特差臣來，單索昭君為閼氏，以息兩國刀兵。陛下若不從，俺有百萬雄兵，刻日南侵，以決勝負。伏望聖鑒不錯。〔駕云〕且教使臣館驛中安歇去。〔番使下〕〔駕云〕恁衆文武商量，有策獻來，可退番兵，免教昭君和番……大抵是欺娘娘軟善！若當時呂后在日，一言之出，誰敢違拗？若如此，久已後也不用文武，只憑佳人平定天下便了。［唱］

哭皇天　你有甚事，疾忙奏俺無那鼎鑊邊，滾熱油。我道您文臣安社稷，武將定戈矛；您只會文武班頭，山呼萬歲，舞蹈揚塵，道那聲誠惶頓首。如今陽關路上，（八）昭君出塞，當日未央宮裏，（九）女主垂旒；文武每！我不信你敢差排呂太后。枉以後龍爭虎鬭，都是俺鸞交鳳友。

［旦云］妾既蒙陛下厚恩，當效一死，以報陛下。妾情願和番，得息刀兵，亦可留名青史。但妾與陛下閨房之情，怎生拋捨也？［駕云］我可知捨不的卿哩！［尚書云］陛下割恩斷愛，以社稷爲念，早早發送娘娘去罷。［駕唱］

烏夜啼　今日嫁單于，宰相休生受，早則俺漢明妃有國難投。它那裏黃雲不出青山岫；投至兩處凝眸，盼得一雁橫秋，單注着寡人今歲攬閒愁。王嬙這運添憔瘦！翠羽冠，香羅綬，都做了錦蒙頭煖帽珠絡縫貂裘。

［云］卿等今日先送明妃到驛中，交付番使，待明日朕親出灞陵橋送餞一盃去。［尚書云］只怕使不的，惹外夷恥笑。［駕云］卿等所言，我都依着；我的意思，如何不依？好歹去送一送，我一會家只恨毛延壽

那廝！〔唱〕

三煞　我則恨那忘恩咬主賊禽獸，怎生不畫在凌烟閣上頭！(十)紫臺行都是俺手裏的衆公侯，有那椿兒不共卿謀？那件兒不依卿奏？爭忍教第一夜夢迤逗；從今後，不見長安望北斗，生扭做織女牽牛。

〔尚書云〕不是臣等强逼娘娘和番，奈番使定名索取。況自古以來，多有因女色敗國者。〔駕唱〕

二煞　雖然似昭君般成敗都皆有；誰似這做天子的官差不自由？情知他怎收那臕滿的紫驊騮？往常時翠轎香兜兀自倦朱簾揭繡，上下處要成就；誰承望月自空明水自流，恨思悠悠！

〔旦云〕妾身這一去，雖爲國家大計，爭奈捨不的陛下。〔駕唱〕

黃鍾尾　怕娘娘覺饑時吃一塊淡淡鹽燒肉，害渴時喝一杓兒酪和粥；我索折一枝斷腸柳，餞一盃送路酒。眼見得趕程途，趁宿頭，痛傷心重回首，則怕他望不見鳳閣龍樓；今夜且則向灞陵橋畔宿。〔下〕

第三折

〔番使擁旦上奏胡樂科旦云〕妾身王昭君，自從選入宮中，被毛延壽將美人圖點破，送入冷宮；甫能得蒙恩幸，又被他獻與番王形象。今擁兵來索，待不去又怕江山有失；沒奈何，將妾身出塞和番。這一去，胡地風霜怎生消受也！自古道紅顏勝人多薄命，莫怨春風當自嗟。〔駕引文武內官上云〕今日灞橋餞送明妃，却早來到也。〔唱〕

雙調新水令　錦貂裘生改盡漢宮妝！我則索看昭君畫圖模樣。舊恩金勒短，新恨玉鞭長。本是對金殿鴛鴦，分飛翼，怎承望？

〔云〕您文武百官計議，怎生退了番兵，免明妃和番者？〔唱〕

駐馬聽　宰相每商量大國使還朝多賜賞。早是俺夫妻悒怏，小家兒出外也搖裝。尙兀自渭城衰柳助凄涼，共那灞橋流水添惆悵，偏您不斷腸？想娘娘那一天愁，都撮在琵琶上。

〔做下馬科〕〔與旦打悲科〕〔駕云〕左右慢慢唱者，我與明妃餞一盃酒。〔唱〕

步步嬌　您將那一曲陽關休輕放，（十一）俺咫尺如天樣；慢慢的捧玉觴，朕本意待尊前捱些時光，且休問劣了宮商，您則與我半句兒俄延着唱。

〔番使云〕請娘娘早行，天色晚了也。〔駕唱〕

落梅風　可憐俺別離重，你好是歸去的忙。寡人心先到他李陵臺上，回頭兒却才魂夢裏想便休題貴人多忘。

〔旦云〕妾這一去，再何時得見陛下？把我漢家衣服都留下者。〔詩云〕正是今日漢宮人，明朝胡地妾；忍着主衣裳，爲人作春色！〔留衣服科〕〔駕唱〕

殿前歡　則甚麼留下舞衣裳，被西風吹散舊時香！我委實怕宮車再過青苔巷。猛到椒房，那一會想菱花鏡裏妝，風流相兒的又橫心上。看今日昭君出塞，幾時似蘇武還鄉？（十二）

〔番使云〕請娘娘行罷，臣等來多時了也。〔駕云〕罷，罷，罷！明妃你這一去，休怨朕躬也。〔做別科駕云〕我那裏是大漢皇帝！〔唱〕

雁兒落　我做了別虞姬楚霸王，（十三）全不見守玉關征西將；那裏取保親的李左車，送女客的蕭丞相？（十四）

〔尚書云〕陛下不必掛念。〔駕唱〕

得勝令　他去也不沙架海紫金梁，枉養着那邊庭上鐵衣郎。您也要左右人扶侍，俺可甚糟糠妻下堂，您但提起刀鎗，却早小鹿兒心頭撞，今日央及煞娘娘怎做的男兒當自強？

〔尙書云〕陛下，咱回朝去罷。〔駕唱〕

川撥棹　怕不待放絲韁，咱可甚鞭敲金鐙响。你管燮理陰陽，掌握朝綱，治國安邦，展土開疆。假若俺高皇差你個梅香，背井離鄉，臥雪眠霜；若是他不戀恁春風畫堂，我便官封你一字王。

〔尙書云〕陛下不必苦死留他，着他去了罷。〔駕唱〕

七弟兄　說什麼大王不當戀王嬙？兀良！怎禁他臨去也回頭望？那堪這散風雪，旌節影悠揚，動關山鼓角聲悲壯。

梅花酒　呀，俺向着這迥野悲涼：草已添黃，色早迎霜；犬褪得毛蒼，人搠起纓鎗；馬負着行裝，車運着餱糧，打獵起圍場。他他他傷心辭漢主，我我我攜手上河梁。他部從入窮荒，我鑾輿返咸陽：返咸陽，過宮墻；過宮墻，遶迴廊；遶迴廊，近椒房；近椒房，月昏黃；月昏黃，夜生涼；夜生涼，泣寒螿；泣寒螿，綠紗窗；綠紗窗，不思量：

收江南　呀，不思量？除是鐵心腸；鐵心腸，也愁淚滴千行。美人圖今夜掛昭陽，我那裏供養，便是高燒銀燭照紅妝。

〔尚書云〕陛下回鑾罷,娘娘去遠了也。〔駕唱〕

鴛鴦煞 我煞大臣行說一個推辭謊,又則怕筆尖兒那火編修講;不見他花朵兒精神,怎趁那草地裏風光?唱道竚立多時,徘徊半晌。猛聽的塞雁南翔,呀呀的聲嘹喨;却原來滿目牛羊,是兀那載離恨的氈車半坡裏响。〔下〕

〔番王引部落擁昭君上云〕今日漢朝不棄舊盟,將王昭君與俺番家和親。我將昭君封為寧胡閼氏,坐我正宮。兩國息兵,多少是好!衆將士,傳下號令,大衆起行,望北而去。〔做行科〕〔且問云〕這裏甚地面了?〔番使云〕這是黑龍江,番漢交界去處:南邊屬漢家,北邊屬我番國。〔旦云〕大王,借一盃酒,望南澆奠,辭了漢家,長行去罷。〔做奠酒科云〕漢朝皇帝,妾身今生已矣,尚待來生也!〔做跳江科〕〔番王驚救不及歎科云〕嗨,可惜可惜!昭君不肯入番,投江而死。罷,罷,罷!就葬在此江邊,號為「青塚」者。我想來人也死了,枉與漢朝結下這般讎隙,都是毛延壽那厮搬弄出來的。把都兒,將毛延壽拿下,解送漢朝處治。我依舊與漢朝結和,永為甥舅,却不是好!〔詩云〕則為他丹青畫誤了昭君,背漢主暗地私奔;將美人圖又來哄我,要索取出塞和親。豈知道投江而死,空落的一見消魂。似這等姦邪逆賊,留着他終是禍根。不如送他去漢朝哈喇,依還的甥舅禮兩國長存。〔下〕

第四折

〔駕引內官上云〕自家漢元帝,自從明妃和番,寡人一百日不曾設朝。今當此夜景蕭索,好生煩惱!且將

這美人圖掛起，少解悶懷也呵。〔唱〕

中呂粉蝶兒　寶殿涼生，夜迢迢六宮人靜，對銀台一點寒燈；枕席間臨寢處，越顯的吾身薄倖。萬里龍廷，知他宿誰家，一靈真性？

〔云〕小黃門你看鑪香盡了，再添上些香。〔唱〕

醉風風　燒盡御鑪香，再添黃串餅，想娘娘似竹林寺不見半分形；則留下這個影影：未死之時，在生之日，我可也一般恭敬。

〔云〕一時困倦，我且睡些兒。〔唱〕

叫聲　高唐夢，(十五)苦難成，那裏也愛卿愛卿？却怎生無些靈聖？偏不許楚襄王，(十六)枕上雨雲情。

〔做睡科〕〔旦上去〕妾身王嬙，和番到北地，私自逃回，兀的不是我主人陛下，妾身來了也。〔番兵上云〕恰才我打了個盹，王昭君就偷走回去了。我急急趕來，進的漢宮，兀的不是昭君！〔做拿旦下〕〔駕醒科云〕恰才見明妃回來，這些兒如何就不見了？〔唱〕

剔銀燈　恰纔這搭兒單于王使命，呼喚俺那昭君名姓；偏寡人喚娘娘，不肯燈前應：却原來是畫上的丹青。猛聽得仙音院鳳管鳴，更說甚簫韶九成！

〔蔓青菜〕白日裏，無承應，教寡人不曾一覺到天明，做的個團圓夢境。〔雁叫科唱〕却原來雁叫長門兩三聲，怎知道更有個人孤另！

〔白鶴子〕多管是春秋高，觔力短，莫不是食水少，骨毛輕？待去後，愁江南網羅寬，待向前，怕塞北雕弓硬。

〔雁叫科〕〔唱〕

〔么篇〕傷感似替昭君思漢主，哀怨似作薤露哭田橫；(十七) 淒愴似和半夜楚歌聲，悲切似唱三疊陽關令。(十八)

〔雁叫科〕〔云〕則被那潑毛團叫的悽楚人也！〔唱〕

〔上小樓〕早是我神思不寧，又添個寃家纏定。他叫得慢一會兒，緊一聲兒，和盡寒更。不爭你打盤旋這搭裏同聲相應，可不差訛了四時節令。

〔么篇〕你却待尋子卿，覓李陵。(十九) 對着銀台叫醒，咱家對影生情。則俺那遠鄉的漢明妃雖然得命，不見你個潑毛團，也耳根清淨。

〔雁叫科〕〔云〕這雁兒呵！〔唱〕

滿庭芳　又不是心中愛聽！大古似林風瑟瑟，嵓溜泠泠。我只見山長水遠天如鏡，又生怕誤了你途程，見被你冷落了瀟湘暮景，更打動我邊塞離情。還說甚過留聲？那堪更瑤堦夜永，嫌殺月兒明。

〔黃門云〕陛下省煩惱，龍體爲重。〔駕云〕不由我不煩惱也！〔唱〕

十二月　休道是咱家動情，你宰相每也生憎；不比那雕梁燕語，不比那錦樹鶯鳴。漢昭君離鄉背井，知他在何處愁聽？

〔雁叫科〕〔唱〕

堯民歌　呀呀的飛過蓼花汀，孤雁兒不離了鳳凰城。畫簷間鐵馬响丁丁，寶殿中御榻冷清清，寒也波更，蕭蕭落葉聲，燭暗長門靜。

隨煞　一聲兒遶漢宮，一聲兒寄渭城，暗添人白髮成衰病，直恁的吾家可也勸不省。

〔尚書上云〕今日早朝散後，有番國差使命綁送毛延壽來，說因毛延壽叛國敗盟，致此禍釁；今昭君已死，情願兩國講和，伏候聖旨。〔駕云〕既如此，便將毛延壽斬首，祭獻明妃；着光祿寺大排筵席，犒賞來使回去。〔詩云〕葉落深宮鴈叫時，夢回孤枕夜相思。雖然青塚人何在，還爲蛾眉斬畫師。

題目　沈黑江明妃青塚恨

正名　破幽夢孤雁漢宮秋

（一）漢宮秋「記王昭君事」以漢元帝於宮中憶之故云漢宮秋，後人所作和戎記，本此增飾。（二）馬致遠，號東籬。元大都人。任江浙行省務官。著有漢宮秋，黃粱夢等劇。餘未詳。（三）秭歸，漢置，今屬湖北。（四）鮫鮹，述異記南海出鮫鮹，一名龍紗。以爲服入水不濡。，鮹一作綃。（五）落伽山在今普陀山對面。（六）張良爲漢初三傑之一，封爲留侯。（七）韓元帥指韓信。（八）陽關，陽關古關名。在今甘肅敦煌縣西南一百三十里黨河之西。（九）未央，未央漢宮名。（十）唐太宗，唐太宗圖畫功臣於淩煙閣。（十一）陽關，陽關曲名，謂之陽關三疊，亦謂之渭城曲。（十二）蘇武使匈奴，被留，仗節牧羝，十九年得還。（十三）楚項羽被圍垓下，其夜四面楚歌，因起舞帳中，復歌以別愛妾虞姬。姬亦和而歌。（十四）李左車，蕭丞相，皆漢高祖功臣。蕭丞相卽蕭何。（十五）楚襄王遊高唐，夢與神女遊。去而辭曰：『妾在巫山之陽，高丘之阻。旦爲朝雲，暮爲行雨，朝朝暮暮，陽臺之下。』（十六）見前注。（十七）薤露，古挽歌，本出於田橫門人。田橫死，門人傷之，因作歌以悼之。（十八）見本注十二。（十九）子卿，蘇武字。李陵，武帝時將步騎五千，與匈奴戰，力竭而降。

竇娥冤

關漢卿（一）

楔子

〔卜兒蔡婆上詩云〕花有重開日，人無再少年；不須長富貴，安樂是神仙。老身蔡婆婆是也，楚州人氏，嫡親三口兒家屬。不幸夫主亡逝已過，止有一個孩兒，年長八歲。俺娘兒兩個過其日月，家中頗有些錢財。這裏一個竇秀才，從去年問我借了二十兩銀子，如今本利該銀四十兩。我數次索取，那竇秀才只說貧難，沒得還我。他有一個女兒，今年七歲，生得可喜，長得可愛，我有心看上，與我家做個媳婦，就准了這四十兩銀子，豈不兩得其便？他說今日好日辰，親送女兒到我家來。老身且不索錢去，專在家中等候，這早晚竇秀才敢待來也。〔沖末扮竇天章引正旦扮端雲上詩云〕讀盡縹緗萬卷書，可憐貧殺馬相如，漢庭一日承恩召，不說當壚說子虛。（二）小生姓竇名天章，祖貫長安京兆人也。幼習儒業，飽有文章；爭奈時運不通，功名未遂。不幸渾家亡化已過，撇下這個女孩兒，小字端雲，從三歲上亡了他母親，如今孩兒七歲了也。小生一貧如洗，流落在這楚州居住。此間一個蔡婆婆，他家廣有錢物；小生因無盤纏，曾借了他二十兩銀子，到今本利該對還他四十兩。他數次問小生索取，教我把甚麼還他？誰想蔡婆婆常常着人來說，要小生女孩兒做他兒媳婦。況如今春榜動，選場開，正待上朝取應，又苦盤纏缺少。小生出於無奈，只得將女孩兒端雲送與蔡婆婆做兒媳婦去。〔做歎科云〕嗨！這個那裏是做媳婦，分明是賣與他一般！就准了他那先借的四十兩銀子，分外但得些少東西，勾小生應舉之費，便也過望了。說話之間，早來到他家門首。婆婆在家麼？

〔卜兒上云〕秀才請家裏坐，老身等候多時也。〔做相見科竇天章云〕小生今日一徑的將女孩兒送來與婆婆，怎敢說做媳婦，只與婆婆早晚使用。小生目下就要上京進取功名去，留下女孩兒在此，只望婆婆看覷則個。〔卜兒云〕這等你是我親家了。你本利少我四十兩銀子，兀的是借錢的文書，還了你，再送與你十兩銀子做盤纏。親家，你休嫌輕少。〔竇天章做謝科云〕多謝了婆婆，先少你許多銀子，都不要我還了，今又送我盤纏，此恩異日必當重報。婆婆，女孩兒早晚呆癡，看小生薄面，看覷女孩兒咱。〔卜兒云〕親家，這不消你囑咐，令愛到我家，就做親女兒一般看承他，你只管放心的去。〔竇天章云〕婆婆，端雲孩兒該打呵，看小生面則罵幾句；當罵呵，則處分幾句。孩兒，你也不比在我跟前，我是你親爺，將就的你，你如今在這裏早晚若頑劣呵，你只討那打罵喫兒嚛我也是出于無奈。〔做悲科〕〔唱〕

仙呂賞花時　我也只爲無計營生四壁貧，因此上割捨得親兒在兩處分。從今日遠踐洛陽塵，又不知歸期定准，則落的無語闇消魂。〔下〕

〔卜兒云〕竇秀才留下他這女孩兒與我做媳婦兒，他一徑上朝應舉去了。〔正旦作悲科云〕爹爹，你直下的撇了我孩兒去也。〔卜兒云〕媳婦，你在我家，我是親婆，你是親媳婦，只當自家骨肉一般。你不要啼哭，跟着老身前後執照去來。〔同下〕

第一折

〔淨扮賽盧醫上詩云〕行醫有斟酌，下藥依本草，死的醫不活，活的醫死了。自家姓盧，人道我一手好醫，都叫做賽盧醫。在這山陽縣南門開着生藥局。在城有個蔡婆婆，我問他借了十兩銀子，本利該還他二十兩。數次來討這銀子，我又無的還他。若不來便罷，若來呵，我自有個主意。我且在這藥舖中坐下，看有甚麼人來。〔卜兒上云〕老身蔡婆婆，我一向搬在山陽縣居住，儘也靜辦。自十三年前竇天章秀才留下端雲孩兒之後，不上二年，不想我這孩兒害弱症死了。媳婦兒守寡，又早三個年頭，服孝將除了也。我和媳婦兒說知，我往城外賽盧醫家索錢去也。〔做行科云〕驀過隅頭，轉過屋角，早來到他家門首。賽盧醫在家麼？〔盧醫云〕婆婆，家裏來。〔卜兒云〕我這兩個銀子長遠了，你還了我罷。〔盧醫云〕婆婆，我家裏無銀子，你跟我庄上去取銀子還你。〔卜兒云〕我跟你去。〔做行科〕〔盧醫云〕來到此處，東也無人，西也無人，這裏不下手，等甚麼？我隨身帶的有繩子。兀那婆婆，誰喚你哩？〔卜兒云〕在那裏？〔做勒卜兒科孛老同副淨張驢兒衝上賽盧醫慌走下孛老救卜兒科張驢兒云〕爹，是個婆婆，爭些勒殺了。〔孛老云〕兀那婆婆，你是那裏人氏？姓甚名誰？因甚着這個人將你勒死？〔卜兒云〕老身姓蔡，在城人氏，止有個媳婦兒相守過日。因爲賽盧醫少我二十兩銀子，今日與他取討，誰想他賺我到無人去處，要勒死我，賴這銀子。若不是遇着老的和哥哥呵，那得老身性命來！〔張驢兒云〕爹，你聽的他說麼？他家還有個媳婦哩。救了他性命，他少不得要謝我。不若你要這婆子，我要他媳婦兒，何等兩便！你和他說去。〔孛老云〕兀那婆婆，你無丈夫，我無渾家，你肯與我做個老婆，意下如何？〔卜兒云〕是何言語！待我回家，多備些錢鈔相謝。〔張驢兒云〕你敢是不肯，故意將錢鈔哄我。賽盧醫的繩子還在，我仍舊勒死了你罷。〔做拿繩科〕〔卜兒云〕哥哥待我慢慢地尋思咱。〔張驢兒云〕你尋思些甚麼？你隨我老子。我便要你媳婦兒，〔卜兒背云〕我不依他，他又勒殺我。罷罷罷，你爺兒兩個隨我到家中去來。〔同下〕〔正旦上云〕妾身姓竇，小字端雲，祖居楚州人氏。我三歲上亡了母親，七歲上離了父親。俺父親將我嫁與蔡婆婆爲兒媳婦，改名竇娥。至十七歲與夫成親，不幸丈夫亡化，可早三年光景，我今二十歲也。這南門外有個賽盧醫，他少俺婆婆銀子，本利該二十兩，數次索取不還，今日俺婆婆親自索取去了。竇娥也，你這命好苦也呵。〔唱〕

〔仙呂點絳脣〕滿腹閒愁，數年禁受，天知否？天若是知我情由，怕不待和天瘦。

〔混江龍〕則問那黃昏白晝，兩般兒忘飡廢寢幾時休？大都來昨宵夢裏，和着這今日心頭。催人淚的是錦爛熳花枝橫繡闥，斷人腸的是剔團圞月色掛粧樓。長則是急煎煎按不住意中焦，悶沉沉展不徹眉尖皺，越覺的情懷冗冗，心緒悠悠。

〔云〕似這等憂愁，不知幾時是了也呵！〔唱〕

〔油葫蘆〕莫不是八字兒該載着一世憂？誰似我無盡頭？須知道人心不似水長流。我從三歲母親身亡後，到七歲與父分離久，嫁的個同住人，他可又拔着短籌，撇的俺婆婦每都把空房守。端的個有誰問，有誰偢？

〔天下樂〕莫不是前世裏燒香不到頭，今也波生招禍尤？勸今人早將來世修。我將這婆侍養，我將這服孝守，我言詞須應口。

〔云〕婆婆索錢去了，怎生這早晚不見回來。〔卜兒同孛老張驢兒上〕〔卜兒云〕你爺兒兩個且在門首，等我先進去。〔張驢兒云〕妳妳，你先進去就說女壻在門首哩。〔卜兒見正旦科〕〔正旦云〕妳妳回來了，你吃飯麼？〔卜兒做哭科云〕孩兒也，你敎我怎生說波？〔正旦云〕

〔一半兒〕爲甚麼泪漫漫不住點兒流？莫不是爲索債與人家惹爭鬪？我這裏連忙迎接，慌問候，他那裏要說緣由。〔卜兒云〕羞人答答的，敎我怎生說波？〔正旦唱〕則見他一半兒徘徊，一半兒醜。

〔云〕婆婆，你爲什麼煩惱啼哭那？〔卜兒云〕我問賽盧醫討銀子去，他賺我到無人去處，行起兇來，要勒死我，虧了一個張老幷他兒子張驢兒救得我性命。那張老就要我招他作丈夫，因這等煩惱。〔正旦云〕婆婆，這個怕不中麼，你再尋思咱。俺家裏又不是沒有飯吃，沒有衣穿，又不是少欠錢債，被人催逼不過；況你年紀高大，六十以外的人，怎生又招丈夫那？〔卜兒云〕孩兒也，你說的豈不是？但是我的性命全虧他這爺兒兩個救的。我也曾說道：待我到家，多將些錢物酬謝你救命之恩。不知他怎生知道我家裏有個媳婦兒，道我婆媳婦又沒老公，他爺兒兩個又沒老婆，正是天緣天對。若不隨順他，依舊要勒死我。那時節我就慌張了，莫說自己許了他，連你也許了他。兒也，這也是出于無奈。〔正旦云〕婆婆，你聽我說波。〔唱〕

〔後庭花〕避凶神要擇好日頭，拜家堂要將香火修。梳着霜雪白般鬏髻，怎將這雲霞般錦帕兜？怪不的女大不中留。你如今六旬左右，可不道到中年萬事休。舊恩愛一筆勾，新夫妻兩意投，枉教人笑破口。

〔卜兒云〕我的性命都是他爺兒兩個救的，事到如今也顧不得別人笑話了。〔正旦云〕

青哥兒　你雖然是得他得他營救；須不是筍條筍條年幼，剗的便巧畫娥眉成配偶！想當初你夫主遺留，替你圖謀，置下田疇，蚤晚羹粥，寒暑衣裘。滿望你鰥寡孤獨無崖無靠母子每到白頭，公公也則落得乾生受。

〔卜兒云〕孩兒也，他如今只待過門喜事，匆匆的教我怎生回得他去？〔正旦唱〕

寄生草　你道他匆匆喜，我替你道細細愁：愁則愁興闌刪嚥不下交歡酒。愁則愁眼昏騰扭不上同心扣。愁則愁意朦朧睡不穩芙蓉褥。你待要笙歌引至畫堂前，我道這姻緣敢落在他人後。

〔卜兒云〕孩兒也，再不要說我了，他爺兒兩個都在門首等候，事已至此，不若連你也招了女婿罷。〔正旦云〕婆婆，你要招你自招，我並然不要女婿。〔卜兒云〕那個是要女婿的，爭奈他爺兒兩個自家挨過門來，教我如何是好？〔張驢兒云〕我們今日招過門去也。『帽兒光光，今日做個新郎。袖兒窄窄，今日做個嬌客。』好女婿好女婿！不枉了！不枉了！〔同孛老入拜科〕〔正旦做不禮科云〕兀那廝靠後。〔唱〕

〔賺煞〕我想這婦人每休信那男兒口。婆婆也怕沒的貞心兒自守。到今日招着個村老子，領着個半死囚。〔張驢兒做嘴臉科云〕你看我爺兒兩個，這等身段，儘也選得女婿過。你不要錯過了好時辰，我和你早些兒拜堂罷。〔正旦不禮科唱〕則被你坑殺人燕侶鶯儔，婆婆也，你豈不知羞！俺公公撞府冲州，闤闠的銅斗兒家緣，百事有，想着俺公公置就，怎忍教張驢兒情受。〔張驢兒做扯正旦拜科正旦推跌科唱〕兀的不是俺沒丈夫的婦女下塲頭〔下〕

〔卜兒云〕你老人家不要惱燥。難道你有活命之恩，我豈不思量報你。只是我那媳婦兒氣性最不好惹的。旣是他不肯招你兒子，敎我怎好招你老人家？我如今拚的好酒好飯，養你爺兒兩個在家。待我慢慢的勸化俺媳婦兒，待他有個回心轉意，再作區處。〔張驢兒云〕這歪剌骨便是黃花女兒，剛剛扯的一把，也不消這等使性，平空的推了我一交。我肯乾罷。就當面賭個誓與你：我今生今世不要他做老婆，我也不算好男子。〔詞云〕美婦人我見過萬千向外，不似這小妮子生得十分憊賴。我救了你老性命死裏重生，怎割捨得不肯把肉身陪待？〔同下〕

第二折

〔賽盧醫上詩云〕小子太醫出身也。不知道醫死多人，何嘗怕人告發。關了一日店門，在城有個蔡家婆子，剛少的他廿兩花銀，屢屢親來索取，爭些捻斷脊筋，也是我一時智短，將他賺到荒村，撞見兩個不識姓名男子，一聲嚷道：「浪蕩乾坤，怎敢行兇撒潑，擅自勒死平民！」嚇得我丟了繩索，放開脚步飛奔。雖然一夜無事，終覺失精落魂。方知人命關天關地，如何看做壁上灰塵？從今改過行業，要得滅罪修因。將以前醫死的性命，一個個都與他一卷超度的經文。小子賽盧醫的便是。只爲要賴蔡婆婆二十兩銀子，賺他到荒僻去處，正待勒死他，誰想遇見兩個漢子，救了他去。若是再來討債時節，教我怎生見他？常言道的好，「三十六計，走爲上計。」喜得我是孤身，又無家小連累，不若收拾了細軟行李，打個包兒，悄悄的躲到別處，另做營生，豈不乾淨！〔張驢兒上云〕自家張驢兒。可奈那竇娥百般的不肯隨順我。如今那老婆子害病，我討服毒藥與他吃了，藥死那老婆子，這小妮子好歹做我的老婆。〔做行科云〕且住，城裏人耳目廣，口舌多。倘見我討毒藥，可不嚷出事來？我前日看見南門外有個藥鋪，此處冷靜，正好討藥。〔做到科叫云〕太醫哥哥，我來討藥的。〔賽盧醫云〕你討甚麼藥？〔張驢兒云〕我討服毒藥，〔賽盧醫云〕誰敢合毒藥與你，這廝好大胆也。〔張驢兒云〕你眞個不肯與我藥麼？〔賽盧醫云〕我不與你，你就怎地我？〔張驢做拖盧云〕好呀，前日謀死蔡婆婆的不是你來！你說我不認的你哩，我拖你見官去。〔賽盧醫做慌科云〕大哥你放我，有藥有藥。〔做與藥科張驢兒云〕既然有了，藥且饒你罷。正是得放手時須放手，得饒人處且饒人。〔下〕〔賽盧醫云〕可不悔氣，剛剛討藥的這人，就是救那婆子的。我今日與了他這服毒藥去了，以後事發，越越要連累我，趁早兒關上藥鋪，到涿州賣老鼠藥去也。〔下〕〔卜兒上做病伏几科〕〔孛老同張驢兒上云〕老漢自到蔡婆婆家來，本望做個接腳，却被他媳婦堅執不從。那婆婆一向收留俺爺兒兩個在家同住，只說好事不在忙，等慢慢裏勸轉他媳婦，誰想那婆婆又害起病來。孩兒你可曾等我兩個的八字紅鸞天喜幾時到命哩？〔張驢兒云〕要看什麼天喜到命，只賭本事做得去自去做。〔孛老云〕孩兒也，蔡婆婆害病好幾日了，我與你去問病波。〔做見卜兒問科〕婆婆，你今日病體如何？〔卜兒云〕我身子十分不快哩。〔孛老云〕你可想些甚麼吃？〔卜兒云〕我思量些羊肚兒湯吃。〔孛老云〕孩兒你對竇娥說做些羊肚兒湯與婆婆吃。〔張驢兒向古門云〕竇娥，婆婆想羊肚兒湯吃，快安排將來，〔正旦持湯上云〕妾身竇娥是也。有俺婆婆不快，想羊肚湯吃，我親自安排了與婆婆吃去。婆婆也，我這寡婦人家，凡事也要避些嫌疑。怎好收留那張驢兒父子兩個非親非眷的一家兒同住！豈不惹外人談議？婆婆也，你莫要背地裏許了他親事，連我也累做不清不潔的。我想這婦人心好難保也呵。〔唱〕

〔南呂一枝花〕他則待一生鴛帳眠，那裏肯半夜空房睡？他本是張郎婦，又做了李郎妻。有一等婦女每相隨，并不說家克計，則打聽些閒是非，說一會不明白打鳳的機關，使了些調虛囂撈龍的見識。

〔梁州第七〕這一個似卓氏般當罏滌器，(三) 這一個似孟光般舉案齊眉，(四) 說的來藏頭蓋腳多怜悧，道着難曉，做出纔知，舊恩忘却，新愛偏宜，墳頭上土脉猶濕，架兒上又換新衣。那裏有奔喪處哭倒長城？(五) 那裏有浣紗時甘投大水？那裏有上山來便化頑石？(六) 可悲可恥！婦人家直恁的無仁義，多淫奔少志氣。虧殺前人在那裏，更休說本性難移，

〔云〕婆婆，羊肚兒湯做成了；你吃些兒波。〔張驢兒云〕等我拿去。〔做接嘗科云〕這裏面少些鹽醋，你去取來。〔正旦下〕〔張驢兒放藥科。〕〔正旦上云〕這不是鹽醋。〔張驢兒云〕你傾下些。〔正旦唱〕

隔尾　你說道少鹽欠醋無滋味，加料添椒纔脆美。但願娘親蚤痊濟，飲羹湯一杯，勝甘露灌體，得一個身子平安倒大來喜。

〔孛老云〕孩兒，羊肚湯有了不曾？〔張驢兒云〕湯有了，你拿過去。〔孛老將湯云〕婆婆，你吃些湯兒。〔卜兒云〕有累你。〔做嘔科云〕我如今打嘔，不要這湯吃了，你老人家吃罷。〔孛老云〕這湯特做來與你吃的，便不要吃也吃一口兒。〔卜兒云〕我不吃了，你老人家請吃。〔孛老吃科〕〔正旦唱〕

賀新郎　一個道你請吃，一個道婆先吃，這言語聽也難聽，我可是氣也不氣！想他家與咱家有甚的親和戚？怎不記舊日夫妻情意，也曾有百縱千隨？婆婆也，你莫不為黃金浮世寶，白髮故人稀，因此上把舊恩情全不比新知契？則待要百年同墓穴，那裏肯千里送寒衣！

〔孛老云〕我吃下這湯去，怎覺昏昏沉沉的起來。〔做倒科〕〔卜兒慌科云〕你老人家放精神着，你扎挣着些兒。〔做哭科云〕兀的不是死了也。〔正旦唱〕

【鬭蝦蟆】空悲戚。沒理會人生死，是輪迴。感着這般病疾，值着這般時勢，可是風寒暑濕，或是饑飽勞役，各人證候自知。人命關天關地，別人怎生替得。壽數非干今世。相守三朝五夕，說甚一家一計，又無羊酒段匹，又無花紅財禮，把手爲活過日。撒手如同休棄，不是竇娥忤逆，生怕傍人論議，不如聽咱勸你，認個自家悔氣，割捨的一具棺材停置，幾件布帛收拾，出了咱家門裏，送入他家墳地。這不是你那從小兒年紀，指脚的夫妻，我其實不關親，無半點恓惶淚。休得要心如醉，意似痴，便這等嗟嗟怨怨，哭哭啼啼。

〔張驢兒云〕好也囉，你把我老子藥死了，更待乾罷。〔卜兒云〕孩兒這事怎了也。〔正旦云〕我有什麼藥在那裏？都是他要鹽醋時自家傾在湯兒裏的。〔唱〕

【隔尾】這廝搬調咱老母收留你，自藥死親爺待要誆嚇誰；〔張驢兒云〕我家的老子，倒說是我做兒子的藥死了，人也不信。〔做叫科云〕四鄰八舍聽着！竇娥藥殺我家老子哩！〔卜兒云〕罷麼，你不要大驚小怪的嚇殺我也。〔張驢兒云〕你可怕麼？〔卜兒云〕可知怕哩，〔張驢兒云〕你要饒麼？〔卜兒云〕可知要饒哩。〔張驢兒云〕你叫竇娥隨順了我，叫我三聲的的親親的丈夫，我便饒了他。〔卜兒云〕孩兒，你也隨順了他罷。〔正旦云〕婆婆你怎說這般言語？〔唱〕我一馬難將兩鞍鞴。男兒在日曾兩年匹配，却教我改嫁別人，其實做不得。

〔張驢兒云〕竇娥你藥殺了俺老子。你要官休要私休。〔正旦云〕怎生是官休？怎生是私休？〔張驢兒云〕你要官休呵，拖你到官司，把你三推六問。你這等瘦弱身子，當不過拷打，怕你不招認藥死我老子的罪犯！你要私休呵，你早些與我做了老婆，倒也便宜了你。〔正旦云〕我又不曾藥死你老子，情願和你見官去來，〔張驢兒拖正旦卜兒下〕〔淨扮孤引祗候上詩云〕我做官人勝別人，告狀來的要金銀。若是上司當刷卷，在家推病不出門。下官楚州太守桃杌是也。今日升廳坐衙，左右喝攛廂。〔祗候么喝科〕〔張驢兒拖正旦卜兒上云〕告狀告狀！！〔祗候云〕拿過來。〔做跪見孤亦跪科云〕請起。〔祗候云〕相公他是告狀的，怎生跪着他？〔孤云〕你不知道，但來告狀的，就是我衣食父母。〔祗候么喝科孤云〕那個是原告？那個是被告？從實說來。〔張驢兒云〕小人是原告張驢兒。告這媳婦兒喚做竇娥，合毒藥下在羊肚兒湯裏，藥死了俺的老子，這個喚做蔡婆婆，就是俺的後母，望大人與小人做主咱。〔孤云〕是那一個下的毒藥？〔正旦云〕不干小婦人事。〔卜兒云〕也不干老婦人事。〔張驢兒云〕也不干我事。〔孤云〕都不是，敢是我下的毒藥來？〔正旦云〕我婆婆也不是他後母，他自姓張，我家姓蔡，我婆婆因爲與賽盧醫索錢，被他賺到郊外，勒死我婆婆，却得他爺兒兩個救了性命；因此，我婆婆收留他爺兒兩個在家養膳終身，報他的恩德。誰知他兩個起不良之心，冒認婆婆做了接脚，要逼勒小婦人做他媳婦。小婦人原是有丈夫的服孝未滿，堅執不從。適值我婆婆患病，着小婦人安排羊肚湯兒吃。不知張驢兒那裏討得毒藥在身，接過湯來，只說少些鹽醋，支轉小婦人，闇地傾下毒藥。也是天幸，我婆婆忽然嘔吐，不要湯吃，讓與他老子吃，纔吃的幾口，便死了。與小婦人並無干涉。只望大人高擡明鏡，替小婦人做主咱。〔唱〕

牧羊關　大人，你明如鏡，清似水，照妾身肝膽虛實。那羹本五味俱全，除了外百事不知。他推道嘗滋味，吃下去便昏迷。不是妾訟庭上胡支對，大人也，却教我平白地說甚的。

〔張驢兒云〕大人詳情，他自姓蔡，我姓張。他婆婆不招俺父親接脚，他養我父子兩個在家做甚麼？這媳婦年紀兒雖小，極是個賴骨頑皮，不怕打的。〔孤云〕人是賤虫，不打不招。左右，與我選大棍子打着。〔祗候打正旦三次噴水科〕〔正旦唱〕

罵玉郎　這無情棍棒教我捱不的。婆婆也，須是你自家做下，怨他誰？勸普天下前婚後嫁婆娘，每都看取我這般傍州例。

感皇恩　呀，是誰人唱叫揚疾？不由我不魄散魂飛。恰消停，纔蘇醒，又昏迷。捱千般打拷，萬種凌逼，一杖下，一道血，一層皮。

【採茶歌】打的我肉都飛，血淋漓，腹中冤枉有誰知？則我這小婦人毒藥來從何處也？天那，怎麼的覆盆不照太陽暉？

〔孤云〕你招也不招？〔正旦云〕委的不是小婦人下毒藥來。〔孤云〕既然不是你，與我打那婆子。〔正旦忙云〕住住住！休打我婆婆，情願我招了罷，是我藥死公公來。〔孤云〕既然招了，着他畫了伏狀，將枷來枷上，下在死囚牢裏去，到來日判個斬字，押付市曹典刑。〔卜兒哭科云〕竇娥孩兒，這都是我送了你性命，兀的不痛殺我也。〔正旦唱〕

【黃鍾尾】我做了個銜冤負屈沒頭鬼，怎肯便放了你好色荒淫漏面賊。想人心不可欺，冤枉事天地知，爭到頭，競到底，到如今待怎的，情願認藥殺公公，與了招罪。婆婆也，我若是不死呵，如何救得你？〔隨祗候押下〕

〔張驢兒做叩頭科云〕謝青天老爺做主，明日殺了竇娥，纔與小人的老子報的冤。〔卜兒哭科云〕明日市曹中殺竇娥孩兒也，兀的不痛殺我也。〔孤云〕張驢兒，蔡婆婆，都取保狀，着隨衙聽候。左右，打散堂鼓，將馬來，回私宅去也。〔同下〕

第三折

〔外扮監斬官上云〕下官監斬官是也。今日處決犯人，着做公的把住巷口，休放往來人閒走。〔淨扮公

人鼓三通鑼三下科劊子磨旗提刀押正旦帶枷上劊子云〕行動些，行動些，監斬官去法場上多時了。〔正旦唱〕

正宮端正好 沒來由犯王法，不隄防遭刑憲。叫聲屈，動地驚天。頃刻間，遊魂先赴森羅殿，怎不將天地也生埋怨。

滾繡球 有日月朝暮懸有鬼神掌著生死權。天地也只合把清濁分辨，可怎生糊突了盜跖顏淵？為善的受貧窮更命短，造惡的享富貴又壽延。天地也做得個怕硬欺軟。却原來也這般順水推船。地也，你不分好歹何為地？天也，你錯勘賢愚枉做天！哎，只落得兩淚漣漣。

〔劊子云〕快行動些，悞了時辰也。〔正旦唱〕

倘秀才 則被這枷紐的我左側右偏，人擁的我前合後偃。我竇娥向哥哥行有句言。〔劊子云〕你有甚麼話說？〔正旦唱〕 前街裏去心懷恨，後街裏去死無寃，休推辭路遠。〔劊子云〕你如今到法場上面有甚麼親眷要見的，可敎他過來見你一面也好。〔正旦唱〕

叨叨令 可憐我孤身隻影無親眷，則落的吞聲忍氣空嗟怨。〔劊子云〕難道你爺娘家也沒有的。〔正旦云〕止有一個爹爹，十三年前上朝取應去了，至今杳無音信。〔唱〕蚤已是十年多不覷爹爹面。〔劊子云〕你適纔要我往後街裏去是什麼主意？〔正旦唱〕怕則怕前街裏被我婆婆見。〔劊子云〕你的性命也顧不得，怕他見怎的？〔正旦云〕俺婆婆若見我披枷帶鎖赴法場餐刀去呵，〔唱〕枉將他氣殺也麼哥，枉將他氣殺也麼哥。告哥哥，臨危好與人行方便。

〔卜兒哭上科云〕天那，兀的不是我媳婦兒。〔劊子云〕婆子靠後。〔正旦云〕既是俺婆婆來了，叫他來，待我囑咐他幾句話咱。〔劊子云〕那婆子近前來，你媳婦要囑咐你話哩。〔卜兒云〕孩兒，痛殺我也。〔正旦云〕婆婆，那張驢兒把毒藥放在羊肚兒湯裏，實指望藥死了你，要霸佔我為妻；不想婆婆讓與他老子吃，倒把他老子藥死了。我怕連累婆婆，屈招了藥死公公。今日赴法場典刑。婆婆，此後遇着冬時年節，月一十五，有瀽不了的漿水飯，瀽半碗兒與我吃。燒不了的紙錢，與竇娥燒一陌兒，則是看你死的孩兒面上。〔唱〕

快活三　念竇娥葫蘆提當罪愆，念竇娥身首不完全。念竇娥從前已往幹家緣。婆婆也，你只看竇娥少爺無娘面。

鮑老兒　念竇娥扶侍婆婆這幾年，遇時節將碗涼漿奠，你去那受刑法屍骸上烈些紙錢。只當把你亡化的孩兒薦。〔卜兒哭科云〕孩兒放心，這個老身都記得。天那，兀的不痛殺我也。〔正旦唱〕婆婆也，再也不要啼啼哭哭，煩煩惱惱，怨氣衝天。這都是我做竇娥的沒時沒運，不明不闇，負屈銜冤。

〔劊子做喝科云〕兀那婆子靠後，時辰到了也。〔正旦跪科〕〔劊子開枷科〕〔正旦云〕竇娥告監斬大人，有一事肯依竇娥便死而無怨。〔監斬官云〕你有甚麼事你說？〔正旦云〕要一領淨席，等我竇娥站立。又要丈二白練掛在旗鎗上。若是我竇娥委實寃枉，刀過處頭落，一腔熱血休半點兒沾在地下，都飛在白練上者。〔監斬官云〕這個就依你，打甚麼不緊。〔劊子做取席站科又白練掛鎗上科〕〔正旦唱〕

要孩兒　不是我竇娥罰下這等無頭願，委實的寃情不淺，若沒些兒靈聖與世人傳，也不見得湛湛青天。我不要半星熱血紅塵灑，都只在八尺旗鎗素練懸。等他四下裏皆瞧見，這就是咱萇弘化碧，望帝啼鵑。（七）

〔劊子云〕你還有甚的說話，此時不對監斬大人說，幾時說那？〔正旦再跪科云〕大人，如今是三伏天道，若竇娥委實寃枉，身死之後，天降三尺瑞雪，遮掩了竇娥屍首。〔監斬官云〕這等三伏天道，你便有衝天的怨氣，也召不得一片雪來，可不胡說。〔正旦唱〕

二煞　你道是暑氣暄，不是那下雪天，豈不聞飛霜六月因鄒衍？（八）若果有一腔怨氣噴如火，定要感的六出冰花滾似綿，免着我屍骸現。要什麼素車白馬，斷送出古陌荒阡！

〔正旦再跪科云〕大人，我竇娥死的委實寃枉。從今以後，着這楚州亢旱三年。〔監斬官云〕打嘴，那有這等說話！〔正旦唱〕

一煞　你道是天公不可期，人心不可憐，不知皇天也肯從人願。做甚麼三年不見甘霖降？也只爲東海曾經孝婦寃。(九)　如今輪到你山陽縣。這都是官吏每無心正法，使百姓有口難言。

〔劊子做磨旗科云〕怎麼這一會兒天色陰了也。〔內做風科劊子云〕好冷風也。〔正旦唱〕

煞尾　浮雲爲我陰，悲風爲我旋，三樁兒誓願明題徧。〔做哭科云〕婆婆也，直等待雪飛六月，亢旱三年呵。〔唱〕那其間纔把你個屈死的寃魂這竇娥顯。

〔劊子做開刀正旦倒科〕〔監斬官驚云〕呀，真個下雪了，有這等異事！〔劊子云〕我也道平日殺人，滿地都是鮮血，這個竇娥的血，都飛在那丈二白練上，並無半點落地，委實奇怪！〔監斬官云〕這死罪必有寃枉，早兩樁兒應驗了。不知亢旱三年的說話，准也不准，且看後來如何。左右，也不必等待雪晴，便與我擡他屍首，還了那蔡婆婆去罷。〔衆應科擡屍下〕

第四折

〔竇天章冠帶引丑張千祗從上詩云〕獨立空堂思黯然，高峯月出滿林烟，非關有事人難睡，自是驚魂夜不眠。老夫竇天章是也，自離了我那端雲孩兒，可蚤上六年光景。老夫自到京師，一舉及第，官拜參知政事。只因老夫廉能清正，節操堅剛，謝聖恩可憐，加老夫兩淮提刑肅政廉訪使之職。隨處審囚刷卷，體察濫官汚吏，容老夫先斬後奏。老夫一喜一悲：喜呵，老夫身居臺省，職掌刑名，勢劍金牌，威權萬里。悲呵，有端雲孩兒。七歲上與了蔡婆婆爲兒媳婦。老夫自得官之後，使人往楚州問蔡婆婆家。他隣里街坊道，自當年蔡婆婆不知搬在那裏去了。至今音信皆無。老夫爲端雲孩兒，啼哭的眼目昏花，憂愁的鬚髮斑白。今日來到這淮南地面，不知這楚州爲何三年不雨？老夫今在這州廳安歇。張千說與那州中大小屬官，今日免參，明日蚤見。〔張千向古門云〕一應大小屬官，今日免參，明日蚤見。〔竇天章云〕張千說與那六房吏典，但有合刷照文卷，都將來，待老夫燈下看幾宗波。〔張千送文書科〕〔竇天章云〕張千，你與我掌上燈。你每都辛苦了，自去歇息罷。我喚你便來，不喚你，休來。〔張千點燈同祗從下〕〔竇天章云〕我將這文卷看幾宗咱。一起犯人竇娥，將毒藥致死公公。我纔看頭一宗文卷，就與老夫同姓。這藥死公公的罪名，犯在十惡不赦。俺同姓之人，也有不畏法度的。這是問結了的文書，不看他。我將這文卷壓在底下，別看一宗咱。〔做打呵欠科云〕不覺的一陣昏沉上來，皆因老夫年紀高大，鞍馬勞困之故。待我搭伏定書案，歇息些兒咱。〔做睡科魂旦上唱〕

【雙調新水令】我每日哭啼啼守住望鄉臺，（十）急煎煎把讐人等待，慢騰騰昏地裏走，足律律旋風中來。則被這霧鎖雲埋，攛掇的鬼魂快。

〔魂旦望科云〕門神戶尉不放我進去。我是廉訪使竇天章女孩兒。因我屈死，父親不知，特來託一夢與他咱。〔唱〕

〔沈醉東風〕我是那提刑的女孩，須不比現世的妖怪。怎不容我到燈影前，却攔截在門桯外？（十一）〔做叫科云〕我那爺爺呵！〔唱〕枉自有勢劍金牌，把俺這屈死三年的腐骨骸，怎脫離無邊苦海？

〔做入見哭科竇天章亦哭科云〕端雲孩兒，你在那裏來？〔魂旦虛下〕〔竇天章做醒科云〕好是奇怪也。老夫纔合眼去，夢見端雲孩兒恰便似來我跟前一般。如今在那裏？我且再看這文卷咱。〔魂旦上做弄燈科〕〔竇天章云〕奇怪！我正要看文卷，怎生這燈忽明忽滅的！張千也睡着了，我自已剔燈咱。〔做剔燈魂旦翻文卷科竇天章云〕我剔的這燈明了，也再看幾宗文卷。一起犯人竇娥藥死公公。〔做疑怪科云〕這一宗文卷，我爲頭看，壓在文卷底下，怎生又在這上頭？這幾時問結了的，還壓在底下，我別看一宗文卷波。〔魂旦再弄燈科竇天章云〕怎麼這燈又是半明半闇的，我再剔這燈咱。〔做剔燈魂旦再翻文卷科竇天章云〕我剔的這燈明了，我另拿一宗文卷看咱。一起犯人竇娥藥死公公。呸！好是奇怪！我纔將這文書分明壓在底下，剛剔了這燈，怎生又翻在面上？莫不是楚州後廳有鬼麼？便無鬼呵，這樁事必有冤枉。將這文卷再壓在底下，待我另看一宗如何。〔魂旦又弄燈科竇天章云〕怎生這燈又不明了。敢有鬼弄這燈，我再剔一剔去。〔做剔燈科魂旦上做撞見科竇天章舉劍擊桌科云〕呸！我說有鬼，兀那鬼魂，老夫是

朝廷欽差帶牌走馬肅政廉訪使。你向前來，一劍揮之兩段。張千，虧你也睡的着，快起來有鬼！有鬼！兀的不嚇殺老夫也。［魂旦唱］

喬牌兒 則見他疑心兒胡亂猜，聽了我這哭聲兒轉驚駭。哎，你個竇天章直恁的威風大？且受我竇娥這一拜。

［竇天章云］兀那鬼魂，你道竇天章是你父親，受你孩兒竇娥拜。你敢錯認了。我的女兒叫做端雲，七歲上與了蔡婆婆爲兒媳婦。你是竇娥，名字差了。怎生是我女孩兒？［魂旦云］父親，你將我與了蔡婆婆家，改名做竇娥了也。［竇天章云］你便是端雲孩兒，我不問你別的，這藥死公公是你不是？［魂旦云］是你孩兒來。［竇天章云］噤聲！你這小妮子，老夫爲你啼哭的眼也花了，憂愁的頭也白了。你剗地犯下十惡大罪，受了典刑！我今日官居臺省，職掌刑名，來此兩淮審囚刷卷，體察濫官污吏；你是我親生之女，老夫將你治不的，怎治他人？我當初將你嫁與他家呵，要你三從四德。三從者，在家從父，出嫁從夫，夫死從子；四德者，事公姑，敬夫主，和妯娌，睦街坊。今三從四德全無，剗地犯了十惡大罪。我竇家三輩無犯法之男，五世無再婚之女。到今日被你辱沒祖宗世德，又連累我的清名。你快與我細吐眞情，不要虛言支對。若說的有半釐差錯，牒發你城隍祠內，着你永世不得人身，罰在陰山永爲餓鬼。［魂旦云］父親停嗔息怒，暫罷狼虎之威，聽你孩兒慢慢的說一徧。咱我三歲上亡了母親，七歲上離了父親，你將我送與蔡婆婆做兒媳婦，至十七歲與夫配合，纔得兩年，不幸兒夫亡化，和俺婆婆守寡。這山陽縣南門外有個賽盧醫，他少俺婆婆

二十兩銀子。俺婆婆去取討，被他賺到郊外，要將婆婆勒死，不想撞見張驢兒父子兩個，救了俺婆婆性命。那張驢兒知道我家有個守寡的媳婦，便道你婆兒媳婦既無丈夫，不若招我父子兩個。俺婆婆初也不肯，那張驢兒道，你若不肯，我依舊勒死你。俺婆婆懼怕，不得已含糊許了，只得將他父子兩個領到家中養他過世。有張驢兒數次調戲你女孩兒，我堅執不從。那一日俺婆婆身子不快，想羊肚兒湯吃，你孩兒安排了湯，適值張驢兒父子兩個問病。道將湯來，我嘗一嘗，說湯便好，只少些鹽醋。賺的我去取鹽醋，他就闇地裏下了毒藥，實指望藥死俺婆婆，要强逼我成親。不想俺婆婆偶然發嘔，不要湯吃，却讓與老張吃，隨即七竅流血藥死了。張驢兒便道，竇娥藥死了俺老子，你要官休？要私休？我便道，怎生是官休？怎生是私休？他道，要官休，告到官司，你與俺老子償命；若私休，你便與我做老婆。你孩兒便道，好馬不鞴雙鞍，烈女不更二夫，我至死不與你做媳婦，我情願和你見官去。他將你孩兒拖到官中，受盡三推六問，吊拷綳扒，便打死孩兒也不肯認。怎當州官見你孩兒不認，便要拷打俺婆婆，我怕婆婆年老，受刑不起，只得屈認了。因此押赴法場，將我典刑。你孩兒對天發下三樁誓願：第一樁要丈二白練，掛在旗鎗上，若係冤枉，刀過頭落，一腔熱血，休滴在地下，都飛在白練上。第二樁，現今三伏天道，下三尺瑞雪，遮掩孩兒屍首。第三樁着他楚州大旱。果然血飛上白練，六月下雪，三年不雨，都是爲你孩兒來。[詩云] 不告官司只告天，心中怨氣口難言。防他老母遭刑憲，情願無辭認罪愆。三尺瓊花骸骨掩，一腔鮮血練旗懸。豈獨霜飛鄒衍屈？今朝方表竇娥冤。[唱]

雁兒落 你看這文卷曾道來不道來，則我這冤枉要忍耐如何耐？我不肯順他人，倒着我赴法場。我不肯辱祖上，倒把我殘生壞。

〔得勝令〕呀，今日個搭伏定攝魂臺，一靈兒怨哀哀。父親也，你現掌着刑名事，親蒙聖主差，端詳這文册。那廝亂綱常當合敗，便萬剮了喬才，還道報冤讐不暢懷。

〔竇天章做泣科云〕 哎！我那屈死的兒，則被你痛殺我也。我且問你，這楚州三年不雨，真個是爲你來？〔魂旦云〕是爲你孩兒來。〔竇天章云〕有這等事，到來朝我與你做主。〔詩云〕白頭親苦痛哀哉，屈殺了你個青春女孩。只恐怕天明了，你且回去，到來日我將文卷改正明白。〔魂旦暫下〕〔竇天章云〕呀，天色明了也。張千，我昨日看幾宗文卷，中間有一鬼魂來訴冤枉。我喚你好幾次，你再也不應，直恁的好睡那。〔張千云〕我小人兩個鼻子孔，一夜不曾閉，並不聽見女鬼訴什麼冤狀，也不曾聽見相公呼喚。〔竇天章做叱科云〕 嗯，今蚤升廳坐衙，張千喝攛廂者。〔張千做幺喝科云〕在衙人馬平安，擡書案。〔稟云〕 州官見。〔外扮州官入參科〕〔張千云〕 該房吏典見。〔丑扮吏入參見科〕〔竇天章問云〕 你這楚州一郡三年不雨，是爲着何來？〔州官云〕 這是天道亢旱，楚州百姓之災，小官等不知其罪。〔竇天章做怒云〕你等不知罪麼？那山陽縣有用毒藥謀死公公犯婦竇娥，他問斬之時曾發願道：若是果有冤枉，着你楚州三年不雨，寸草不生。可有這件事來？〔州官云〕 這罪是前陞任桃州守問成的，現有文卷。〔竇天章云〕 這等糊塗官也着他陞去。你是繼他任的，三年之中可曾祭這冤婦麼？〔州官云〕 此犯係十惡大罪，元不曾有祠，所以不曾祭得。〔竇天章云〕 昔日漢朝有一孝婦守寡，其姑自縊身死，其姑女告孝婦殺姑，東海太守將孝婦斬了，只爲一婦含冤，致令三年不雨。後于公治獄，彷彿見孝婦抱卷哭於廳前。于公將文卷改正，親祭孝婦之墓，天乃大雨。今日你楚州大旱，豈不與此事相類；張千分付該房僉牌，下山陽縣着拘張驢兒，賽盧醫，蔡婆婆一起人犯，火速解審，毋得違悞片刻者。〔張千云〕理會得。〔下丑扮解子押張驢兒蔡婆婆同張千上稟云〕山陽縣解到審犯聽點。〔竇天章云〕張驢兒。〔張驢兒云〕有。〔竇天章云〕蔡婆婆〔蔡婆婆云〕有。〔竇天章云〕怎麼賽盧醫是緊要人犯不到？〔解子云〕賽盧醫三年前在逃，一面着廣捕批緝拿去了，待獲日解審。〔竇天章云〕張驢兒，那蔡婆婆是你的後母麼？〔張驢兒云〕母親好冒認的？委實是。〔竇天章云〕這藥死你的父親的毒藥，卷上不見有合藥的人，是那個的毒藥？〔張驢兒云〕是竇娥自合就的毒藥。〔竇天章云〕這毒藥必有一個賣藥的醫舖，想竇娥是個少年寡婦，那裏討這藥來？張驢兒敢是你合的毒藥嗎？〔張驢兒云〕若是小人合的毒藥，不藥別人，倒藥死自家老子。〔竇天章云〕我那屈死的兒嚛！這一節是緊要公案，你不自來折辯，怎得一個明白？你如今冤魂却在那裏？〔魂旦上云〕張驢兒，這藥不是你合的，是那個合的？〔張驢兒做怕科云〕有鬼有鬼！撮鹽入水，太上老君急急如律令勅。〔魂旦云〕張驢兒，你當日下毒在羊肚兒湯裏，本意藥死俺婆婆，要逼勒我做渾家，不想俺婆婆不吃，讓與你父親吃，被藥死了。你今日還敢賴哩！〔唱〕

〔川撥棹〕猛見了你這吃敲材，我只問你這毒藥從何處來？你本意待闇裏栽排，要逼勒我和諧，倒把你親爺害。怎教咱替你躭罪責？

〔魂旦做打張驢兒科〕〔張驢兒避科云〕太上老君急急如律令勑。大人說這毒藥必有個賣藥的醫鋪，若尋得這個賣藥的人來和小人折對，死也無詞。〔丑扮解子解賽盧醫上云〕山陽縣續解到犯人一名賽盧醫。〔張千喝云〕當面。〔竇天章云〕你三年前要勒死蔡婆婆，賴他銀子，這事怎生說？〔賽盧醫叩頭科云〕小的要賴蔡婆婆銀子的情是有的。當被兩個漢子救了，那婆婆並不曾死。〔竇天章云〕這兩個漢子你認的他叫什麼名姓？〔賽盧醫云〕小的認便認得，慌忙之際可不曾問他的名姓。〔竇天章云〕現有一個在階下，你去認來。〔賽盧醫做下認科云〕這個是蔡婆婆。〔指張驢兒云〕想必這毒藥事發了。〔上云〕是這一個，容小的訴禀：當日要勒死蔡婆婆時，正遇見他爺兒兩個救了那婆婆去。過得幾日，他到小的鋪中討服毒藥。小的是念佛吃齋人，不敢做昧心的事。說道鋪中只有官料藥，並無什麼毒藥。他就睜着眼道你昨日在郊外要勒死蔡婆婆，我拖你見官去。小的一生最怕的是見官，只得將一服毒藥與了他去。小的見他生相是個惡的，一定拿這藥去藥死了人，久後敗露，必然連累小的，一向逃在涿州地方，賣些老鼠藥。剛剛是老鼠被藥殺了好幾個，藥死人的藥，其實再也不曾合。〔魂旦唱〕

七弟兄　你只為賴財，放乖，要當災。〔帶云〕這毒藥呵，〔唱〕原來是你賽盧醫出賣，張驢兒買，沒來由填做我犯由牌，到今日官去衙門在。

〔竇天章云〕帶那蔡婆婆上來。我看你也六十外人了，家中又是有錢鈔的，如何又嫁了老張，做出這等事來？〔蔡婆婆云〕老婦人因為他爺兒兩個救了我的性命，收留他在家養膳過世。那張驢兒常說要將

他老子接脚進來，老婦人並不許他。〔竇天章云〕這等說你那媳婦就不該認做藥死公公了。〔魂旦云〕

當日問官要打俺婆婆，我怕他年老受刑不起，因此咱認做藥死公公。委實是屈招個。〔唱〕

梅花酒　你道是咱不該這招狀供寫的明白，本一點孝順的心懷，倒做了惹禍的胚胎。我只道官吏每還覆勘，怎將咱屈斬首在長街？第一要素旗鎗鮮血灑，第二要三尺雪將死屍埋，第三要三年旱示天災。咱誓願委實大。

收江南　呀，這的是衙門從古向南開，就中無個不冤哉。痛殺我嬌姿弱體閉泉臺，蚤三年以外，則落的悠悠流恨似長淮。

〔竇天章云〕端雲兒也，你這冤枉我已盡知。你且回去，待我將這一起人犯，並原問官吏另行定罪。改日做個水陸道場，超度你生天便了。〔魂旦拜科唱〕

鴛鴦煞尾　從今後把金牌勢劍從頭擺，將濫官污吏都殺壞，與天子分憂，萬民除害。

〔云〕我可忘了一件，爹爹，俺婆婆年紀高大，無人侍養。你可收恤家中，替你孩兒盡養生送死之禮，我便九泉之下可也瞑目。〔竇天章云〕好孝順的兒也。〔魂旦唱〕囑付你爹爹收養我妳妳，可憐他無婦無兒誰管顧，年衰邁。再將那文卷舒開，〔帶云〕爹爹也把竇娥我名下〔唱〕屈死的於伏罪名兒改。〔下〕

〔竇天章云〕喚那蔡婆婆上來，你可認的我麼？〔蔡婆婆云〕老婦人眼花了不認的。〔竇天章云〕我便是竇天章。適纔的鬼魂便是我屈死的女孩兒端雲。你這一行人聽我下斷：張驢兒毒殺親爺，姦佔寡婦，合擬凌遲，押付市曹中，釘上木驢，剮一百二十刀處死。陞任州守桃杌，並該房吏典，刑名違錯，各杖一百，永不敘用。賽盧醫不合賴錢勒死平民，又不合修合毒藥致傷人命，發煙瘴地面，永遠充軍。蔡婆婆我家收養。竇娥罪改正明白。〔詞云〕莫道我念亡女與他滅罪消愆，也只可憐見楚州郡大旱三年。昔于公曾表白東海孝婦，果然是感召得靈雨如泉。豈可便推諉道天災代有，竟不想人之意感應通天。今日個將文卷重行改正，方顯的王家法不使民冤。

(一)關漢卿，不知其名或字，號己齋叟。元大都人。金末以解元貢於鄉，後為太醫院尹。與大名王和卿友善，最相狎侮。為元初六大戲劇家之一。所著古今雜劇甚夥，今存于世者有竇娥冤等十三種。(二)馬相如即司馬相如。相如得卓文君後，家徒壁立，因令文君當爐，自著犢鼻褌與庸保雜作。相如作子虛賦，假託子虛公子烏有先生以立言，後人因謂虛無之事曰子虛烏有。(三)見本注二。(四)孟光，漢梁鴻妻，最賢，後與夫入霸陵山中，為人賃舂。孟光具食，舉案齊眉。(五)傳說孟姜女哭其夫杞梁，長城為之崩倒。(六)傳說昔有貞女，其夫從役，走赴國難，攜弱子餞送此山，立望而死，形化為石。(七)萇弘，周敬王大夫。一說周靈王時人。時異方貢玉人石鏡，萇弘言於王，謂為聖德所招。周人以萇弘幸媚而殺之，流血成石，或言成碧。華陽國志：蜀王杜宇稱帝，曰望帝。為蜀除水有功，後禪位，升西山隱焉。時適二月，子規鳴，因名子規曰杜宇，曰望帝。又成都記：望帝魂化為

鳥，名曰杜鵑。（八）鄒衍戰國齊人。燕昭王築碣石宮師事之。昭王崩，惠王信讒，下獄，夏月爲之降霜。（九）漢東海有孝婦，爲太守寃殺，時于公爲縣獄吏郡決曹決獄平。公爭之不得，辭疾去。孝婦死，東海旱三年。後太守至，因公言致祭立雨。（十）益州記云：昇仙亭夾路有二臺，一名望鄉臺。（十一）桯音盈，同楹。

梧桐雨（一）

白仁甫（二）

楔子

〔冲末扮張守珪引卒子上詩云〕坐擁貔貅鎮朔方，每臨塞下受降王，太平時世轅門靜，自把雕弓數鴈行。某姓張名守珪，見任幽州節度使，幼讀儒書，兼通韜略，爲藩鎮之名臣，受心膂之重寄。且喜近年以來，邊烽息警，軍士休閒。昨日奚契丹部擅殺公主，某差捉生使安祿山率兵征討，不見來回話。左右轅門前觀者，等來時報復我知道。〔卒云〕理會的。〔淨扮安祿山上云〕自家安祿山是也。積祖以來，爲營州雜胡。本姓康氏，母阿史德爲突厥覡者，禱於軋犖山戰鬥之神而生某。生時有光照穹廬，野獸皆鳴，遂名爲軋犖山。後母改嫁安延偃，乃隨安姓，改名安祿山。開元年間，延偃攜某歸國，遂蒙聖恩，分隸張守珪部下爲將。某通曉六蕃言語，膂力過人，現任捉生討擊使。作因奚契丹反叛，差我征討，自恃勇力，深入不料衆寡不敵，遂致喪師。今日不免回見主帥，別作道理。早來到府門首也。左右報復去，道有捉生使安祿山來見。〔卒報科〕〔張守珪云〕着他進來。〔安祿山作見科〕〔張守珪云〕安祿山，征討勝敗如何？〔安祿山云〕賊衆我寡，軍士畏怯，遂至敗北。〔張守珪云〕損軍失機，明例不宥，左右推出去，斬首報來。〔卒推出科〕〔安祿山大叫云〕主帥不欲滅奚契丹耶？奈何殺壯士？〔張守珪云〕放他回來。〔安祿山回科〕〔張守珪云〕某也惜你驍勇，但國有定法，某不敢賣法市恩，送你上京取聖斷，如何？〔安祿山云〕謝主帥不殺之恩。〔押下〕〔張守珪云〕安祿山去了也。〔詩云〕須知生殺有旗牌，只爲軍中惜將才，不然斬一胡兒首，何用親煩聖斷來。〔下〕〔正末扮唐玄宗駕，旦扮楊貴妃引高力士楊國忠宮娥上〕〔正末云〕寡人唐玄宗是也。自高祖神堯皇帝起兵晉陽，全仗我太宗皇帝滅了六十四處煙塵，一十八家擅改年號，立起大唐天下。傳高宗中宗，不幸有宮闈之變。寡人以臨淄郡王，領兵靖難。大哥哥寧王讓位於寡人，卽位以來，二十餘年，喜的太平無事，賴有賢相姚元之宋璟韓休張九齡同心致治，寡人得逐安逸。六宮嬪御雖多，自武惠妃死後，無當意者。去年八月中秋，夢遊月宮，見嫦娥之貌，人間少有。昨壽邸楊妃絕類嫦娥，已命爲女道士，旣而取入宮中，策爲貴妃，居太眞院。寡人自從太眞入宮，朝歌暮宴，無有虛日。高力士你快傳旨排宴，梨園子弟奏樂，寡人消遣咱。〔高力士云〕理會的。〔外扮張九齡押安祿山上〕〔詩云〕調和鼎鼐理陰陽，位列鵷班坐省堂，四海承平無一事，朝朝曳履侍蕃王。老夫張九齡是也，南海人氏，早登甲第，荷聖恩直做到丞相之職。近日邊帥張守珪解送失機蕃將一人，名安祿山。我見其身軀肥矮，語言利便，有許多異相，若留此人，必亂天下。我今見聖人面奏此事，早來到宮門前也。〔入見科〕〔云〕臣張九齡見駕。〔正末云〕卿來此有何事？〔張九齡云〕近日邊臣張守珪解送失機蕃將安祿山，例該斬首，未敢擅便，押來請旨。〔正末云〕你引那蕃將來我看。〔張九齡引安祿山見科云〕這就是失機蕃將安祿山。〔正末云〕一員好將官也。你武藝如何？〔安祿山云〕臣左右開弓，一十八般武藝，無有不會，能通六蕃言語。〔正末云〕你這等肥胖，此胡腹中何所有？〔安祿山云〕惟有赤心耳。〔正末云〕丞相不可殺此人，留他做個白衣將領。〔張九齡云〕陛下，此人有異相，留他必有後患。〔正末云〕卿勿以王夷甫識石勒，留着怕做甚麼？兀那左右放了他者。〔做放科〕〔安祿山起謝云〕謝主公不殺之恩。〔做跳舞科〕〔正末云〕這是甚麼？〔安祿山云〕這是胡旋舞。〔旦云〕陛下，這人又矬矮又會舞旋，留着解悶倒好。〔正末云〕貴妃，就與你做義子，你領去。〔旦云〕多謝聖恩。〔同安祿山下〕〔張九齡云〕國舅，此人有異相，他日必亂唐室，衣冠受禍不小。老夫老矣。國舅恐或見之，奈何？（楊國忠云）待下官明日再奏，務要屏除為妙。〔正末云〕不知後宮中為甚麼這般喧笑，左右可去看來回話。〔宮娥云〕是貴妃娘娘與安祿山做洗兒會哩。〔正末云〕既做洗兒會，取金錢百文，賜他做賀禮，就與我宣安祿山來，封他官職。〔宮娥拿金錢下〕〔安祿山上見駕科云〕謝陛下賞賜，宣臣那廂使用？〔正末云〕宣卿來不為別，卿既為貴妃之子，即是朕之子，白衣不好出入宮掖，就加你為平章政事者。〔安祿山云〕謝了聖恩。〔楊國忠云〕陛下，不可不可。安祿山乃失律邊將，例當處斬，陛下免其死足矣。今給事宮庭，已為非宜，有何功勳，加為平章政事？況胡人狼子野心，不可留居左右，望陛下聖鑒。〔張九齡云〕楊國忠之言，陛下不可不聽。〔正末云〕你可也說的是，安祿山且加你為漁陽節度使(三)統領蕃漢兵馬，鎮守邊庭，早立軍功，不次陞擢。〔安祿山云〕感謝聖恩。〔正末云〕卿休要怨寡人，這是國家典制，非輕可也呵。〔唱〕

仙呂端正好　則為你不曾建甚奇功，便教你做元輔，滿朝中都指斥鑾輿。眼見的平章政事難停住，寡人待定奪些別官祿。

么篇　且着你做節度漁陽去，破強寇永鎮幽都。休得待國家危急纔防護，常先事設

權謀，收猛將，保皇圖，分鐵劵，賜丹書，怎肯便辜負了你這功勞簿。〔同下〕

〔安祿山云〕聖人回宮去了也。我出的宮門來，叵奈楊國忠這廝好生無禮，在聖人前奏准着我做漁陽節度使，明陞暗貶，別的都罷，只是我與貴妃有些私事，一旦遠離，怎生放的下心。罷，罷，罷，我這一去，到的漁陽，練兵秣馬，別作個道理。正是：畫虎不成君莫笑，安排牙爪好驚人。〔下〕

第一折

〔旦扮貴妃引宮娥上云〕妾身楊氏，弘農人也。父親楊玄琰，為蜀州司戶。開元二十二年，蒙恩選為壽王妃。開元二十八年八月十五日，乃主上聖節，妾身朝賀，聖上見妾貌類嫦娥，令高力士傳旨，度為女道士，住內太眞宮，賜號太眞。天寶四年，册封為貴妃，半后服用，寵幸殊甚。將我哥哥楊國忠加為丞相，姊妹三人，封做夫人，一門榮顯極矣。近日邊庭送一蕃將來，名安祿山，此人猾黠，能奉承人意，又能胡旋舞，聖人賜與妾為義子，出入宮掖。不期我哥哥楊國忠看出破綻，奏准天子，封他為漁陽節度使，送上邊庭。妾心中懷想，不能再見，好是煩惱人也。今日是七月七夕，牛女相會，人間乞巧令節，已曾分付宮娥排設乞巧筵在長生殿，妾身乞巧一番。宮娥，乞巧筵設定不曾？〔宮娥云〕已完備多時了。〔旦云〕咱乞巧則個。〔正末引宮娥挑燈拿砌末上云〕寡人今日朝回無事，一心只想着貴妃，已令在長生殿設宴慶賞七夕，內使引駕去來。

〔唱〕

仙呂八聲甘州　朝綱倦整，寡人待痛飲昭陽，(四) 爛醉華淸。(五) 却是吾當有幸，一個太真妃傾國傾城。珊瑚枕上兩意足，翡翠簾前百媚生。夜同寢，晝同行，恰似鸞鳳和鳴。

〔帶云〕寡人自從得了楊貴妃，眞所謂朝朝寒食，夜夜元宵也。〔唱〕

混江龍　晚來乘輿，一襟爽氣酒初醒。鬆開了龍袍羅扣，偏斜了鳳帶紅鞓，侍女齊扶碧玉輦，宮娥雙挑絳紗燈，順風聽一派簫韶令。〔內作吹打喧笑科〕〔正末云〕是那裏這等喧笑？〔宮娥云〕是太眞娘娘在長生殿乞巧排宴哩。〔正末云〕衆宮娥不要走的響，待寡人自看去。〔唱〕多喈是胭嬌簇擁，粉黛施呈。

油葫蘆　報接駕的宮娥且慢行，親自聽。上瑤堦那步迎前楹。悄悄蹙蹙款把紗窗映，撲撲簌簌風颭珠簾影。我恰待行，打個囈掙。怪玉籠中鸚鵡知人性，不住的語偏明。〔內作鸚鵡叫云〕萬歲來了，接駕。〔旦驚云〕聖上來了。〔做接駕科〕〔正末唱〕

天下樂　則見展翅忙呼萬歲聲，驚的那娉婷將鑾駕迎。一個暈龐兒畫不就，描不成。行的一步步嬌，生的一件件撐，一聲聲似柳外鶯。

〔云〕卿在此做甚麽？〔旦云〕今逢七夕，妾身設瓜果之會，問天孫乞巧哩。〔正末看科云〕排設的是

好也。〔唱〕

醉中天　龍麝焚金鼎，花蕚插銀缾。小小金盆種五生，供養着鵲橋會丹青幀，把一個米來大蜘蛛兒抱定，攙奪盡六宮寵幸，更待怎生般智巧心靈。

〔正末與旦砌末科云〕這金釵一對鈿盒一枚，賜與卿者。〔旦接科云〕謝了聖恩也。〔正末唱〕

金盞兒　我着絳紗蒙翠盤盛，兩般禮物堪人敬，趁着這新秋節令賜卿卿，七寶金釵盟厚意，百花鈿盒表深情。這金釵兒教你高聳聳頭上頂，這鈿盒兒把你另巍巍手中擎。

〔旦云〕陛下這秋光可人，妾待與聖駕亭下閒步一番。〔正末做同行科〕〔唱〕

憶王孫　瑤堦月色晃疎櫺，銀燭秋光冷畫屏，消遣此時此夜景，和月步閒庭，苔浸的凌波羅襪冷。

〔云〕這秋景與四時不同。〔旦云〕怎見的與四時不同？〔正末云〕你聽我說。〔唱〕

勝葫蘆　露下天高夜氣清，風掠得羽衣輕，香惹丁東環珮聲，碧天澄淨，銀河光瑩，只疑是身在玉蓬瀛。

〔旦云〕今夕牛郎織女相會之期，一年只是得見一遭，怎生便又分離也。〔正末唱〕

〔金盞兒〕他此夕把雲露鳳車乘，銀漢鵲橋平。不甫能今夜成歡慶，枕邊忽聽曉雞鳴，却早離愁情脈脈，別淚雨冷冷。五更長嘆息，則是一夜短恩情。

〔旦云〕他是天宮星宿，經年不見，不知也曾相憶否？〔正末云〕他可怎生不想來。〔唱〕

〔醉扶歸〕暗想那織女分，牛郎命，雖不老，是長生。他阻隔銀河信杳冥，經年度歲成孤另。你試向天宮打聽，他決害了些相思病。

〔旦云〕妾身得侍陛下，寵幸極矣，但恐容貌日衰，不得似織女長久也。〔正末唱〕

〔後庭花〕偏不是上列着星宿名，下臨着塵世生，把天上姻緣重，將人間恩愛輕。各辦着眞誠，天心必應，他每何足稱！

〔旦云〕妾想牛郎織女，年年相見，天長地久，只是如此，世人怎得似他情長也。〔正末唱〕

〔金盞兒〕咱日日醉霞觴，夜夜宿銀屏，他一年一日見，把佳期等，若論着多多爲勝，咱也合贏。我爲君王猶妄想，你做皇后尙嫌輕，可知道斗牛星畔客，回首問前程。

〔旦云〕妾蒙主上恩寵無比，但恐春老花殘，主上恩移寵衰，使妾有龍陽泣魚之悲，班姬題扇之怨。〔六〕奈何！〔正末云〕妃子你說那裏話。〔旦云〕陛下，請示私約，以堅終始。〔正末云〕咱和你去那處說話去。〔做行科〕〔唱〕

醉中天 我把你半䩫的肩兒凭。(七) 他把個百媚臉兒擎。正是金闕西廂叩玉扃，悄悄迴廊靜，靠着這鳳招綵舞青鸞金井梧桐樹影。雖無人竊聽，也索悄聲兒海誓山盟。

〔云〕 妃子，朕與卿儘今生偕老，百年以後，世世永爲夫婦，神明鑒護者。〔旦云〕 誰是盟證？〔正末唱〕

賺煞尾 長如一雙鈿盒盛，休似兩股金釵另，願世世姻緣注定。在天呵，做鴛鴦常比並。在地呵，作連理枝生。月澄澄，銀漢無聲，說盡千秋萬古情。咱各辦着志誠，你道誰爲顯證，有今夜度天河相見女牛星。〔同下〕

第二折

〔安祿山引衆將上云〕 某安祿山是也。自到漁陽操練蕃漢人馬，精兵見有四十萬，戰將千員。如今明皇年已昏眊，楊國忠李林甫播弄朝政，我今只以討賊爲名，起兵到長安，搶了貴妃，奪了唐朝天下，纔是我平生願足。左右軍馬齊備了麼？衆將云 都齊備了。〔安祿山云〕 着軍政司先發檄一道，說某奉密旨討楊國忠等。隨後令史思明領兵三萬，先取潼關，直抵京師，成大事如反掌耳。〔衆將云〕 得令。〔安祿山云〕 今日天晚，明日起兵。〔詩云〕 統精兵直指潼關，料唐家無計遮攔。單要搶貴妃一個，非專爲錦綉江山。〔同下〕

〔正末引高力士鄭觀音抱琵琶，寧王吹笛，花奴打羯鼓，黃旛綽執板捧旦上。〕〔正末云〕 今日新秋

天氣，寡人朝回無事，妃子學得霓裳羽衣舞，同往御園中沉香亭下，閒耍一番，早來到也。你看這秋來風物，好是動人也呵。〔唱〕

中呂粉蝶兒 天淡雲閒，列長空數行征雁，御園中夏景初殘，柳添黃，荷減翠，秋蓮脫瓣，坐近幽闌，噴清香玉簪花綻。

〔帶云〕早到御園中也，雖是小宴，倒也整齊。〔唱〕

叫聲 共妃子喜開顏，等閒等閒，御園中列餚饌，酒注嫩鵝黃，茶點鷓鴣斑。

醉春風 酒光泛紫金鍾，茶香浮碧玉盞。沉香亭畔晚涼多，把一搭兒親自揀揀。粉黛濃粧，管絃齊列，綺羅相間。

〔外扮使臣上詩云〕長安回望繡成堆，山頂千門次第開。一騎紅塵妃子笑，無人知是荔枝來。小官四川道差來使臣，因貴妃娘娘好啖鮮荔枝，遵奉詔旨，持來進鮮，早到朝門外了。宮官通報一聲，說四川使臣來進荔枝。〔做報科〕〔正末云〕引他進來。〔使臣見駕科云〕四川道使臣進貢荔枝。〔正末看科云〕妃子你好食此果，朕特令他及時進來。〔旦云〕是好荔枝也。〔正末唱〕

迎仙客 香噴噴正甘，嬌滴滴色初綻，只疑是九重天謫來人世間。取時難，得後慳，可惜不近長安，因上教驛使把紅塵踐。

〔旦云〕這荔枝顏色嬌嫩，端的可愛也。〔正末云〕

紅繡鞋　不則向金盤中好看，便宜將玉手擎餐。端的個絳紗籠罩水晶寒，爲甚教寡人醒醉眼？妃子暈嬌顏。物稀也人見罕。

〔高力士云〕請娘娘登盤演一回霓裳之舞。〔正末云〕依卿奏者。〔正旦做舞〕〔衆樂　掇科〕〔正末唱〕

快活三　囑付你仙音院莫怠慢，道與你教坊司要迭辦，把個太眞妃扶在翠盤間，快結束宜粧扮。

鮑老兒　雙撮得泥金衫袖挽，把月殿裏霓裳按，鄭觀音琵琶准備彈，早搭上鮫綃襻。賢王玉笛，花奴羯鼓，韻美聲繁，壽寧錦瑟，梅妃玉簫，嘹喨循環。

古鮑老　屹刺刺撒開紫檀，黃翻綽向前手拈板，低低的叫聲玉環。太眞妃笑時花近眼，紅牙筯趂五音擊著梧桐按，嫩枝柯猶未乾，更帶着瑤琴音泛，卿呵！你則索出幾點瓊珠汗。

〔旦舞科〕〔正末唱〕

紅芍藥　腰鼓聲乾，羅襪弓彎，玉佩丁東響珊珊。即漸裏舞髀雲環，施呈你蜂腰細燕體，翻作兩袖香風拂散。〔帶云〕卿倦也，飲一杯酒者。〔唱〕寡人親捧盃玉露甘寒。你可也莫得留殘，拚着個醉醺醺，直吃到夜靜更闌。

〔旦飲酒科〕〔淨扮李林甫上云〕小官李林甫是也。見爲左丞相之職。今早飛報將來，說安祿山反叛，軍馬浩大，不敢抵敵，只得見駕。〔做見駕科〕〔正末云〕丞相有何事這等慌促？〔李林甫云〕邊關飛報安祿山造反，大勢軍馬殺將來了。陛下，承平日久，人不知兵，怎生是好？〔正末云〕你慌做甚麼。〔唱〕

剔銀燈　止不過奏說邊庭上造反，也合看空便覷遲疾緊慢。等不的俺筵上笙歌散，可不氣丕丕冒突天顏。那些個齊管仲、鄭子產，敢待做假忠孝龍逢比干！

〔李林甫〕陛下，如今賊兵已破潼關，哥舒翰失守逃回，目下說到長安了。京城空虛，决不能守，怎生是好？

〔正末唱〕

蔓菁菜　險些兒慌殺你個周公旦。〔李林甫云〕陛下只因女寵盛，讒夫昌，惹起這刀兵來了。〔正末唱〕你道我因歌舞壞江山。你常好是占姦，早難道羽扇綸巾笑談間，破强虜三十萬。

〔云〕既賊兵壓境，你衆官計議，選將統兵出征便了。〔李林甫云〕如今京營兵不滿萬，將官衰老，如哥舒翰名將，尚且支持不住，那一個是去得的？〔正末唱〕

【滿庭芳】你文武兩班空列些烏靴象簡金紫羅襴內中沒個英雄漢，掃蕩塵寰。慣縱的個無徒祿山，沒揣的撞過潼關，先敗了哥舒翰。疑怪昨宵向晚，不見烽火報平安。

〔云〕卿等有何計策可退賊兵？〔李林甫云〕安祿山部下蕃漢兵馬四十餘萬，皆是一以當百，怎與他拒敵？莫若陛下幸蜀，以避其鋒，待天下兵至再作計較。〔正末云〕依卿所奏，便傳旨收拾六宮嬪御諸王百官，明日早起幸蜀去來。〔旦作悲科云〕妾身怎生是好也。〔正末唱〕

【普天樂】恨無窮，愁無限，爭奈倉卒之際，避不得驀嶺登山。鑾駕遷成都盼，更那堪滻水西飛鴈，一聲聲送上雕鞍。傷心故園，西風渭水，落日長安。

〔旦云〕陛下怎受的途路之苦。〔正末云〕寡人也沒奈何哩。〔唱〕

【啄木兒尾】端詳了你上馬嬌，怎支吾蜀道難！替你愁那嵯峨峻嶺，連雲棧，自來驅馳可慣，幾程兒捱得過劍門關。〔同下〕

第三折

〔外扮陳玄禮上詩云〕世受君恩統禁軍，天顏喜怒得先聞。太平武備皆無用，誰料狂胡起戰塵。某右龍武將軍陳玄禮是也。昨因逆胡安祿山倡亂，潼關失守。昨日宰臣會議，大駕暫幸蜀川，以避其鋒。今早飛報，說賊兵離京城不遠，聖主令某統領禁軍護駕，軍馬點究多時，專候大駕起行。〔正末引旦及楊國忠高力

士並太子扈駕郭子儀李光弼上〕〔正末云〕寡人眼不識人，致令狂胡作亂。事出急迫，只得西行避兵，好傷感人也呵。〔唱〕

雙調新水令 五方旗招颭日邊霞，冷清清半張鑾駕。鞭倦褭，鐙慵踏，回首京華，一步步放不下。

〔帶云〕寡人深居九重，怎知閭閻貧苦也。〔唱〕

駐馬聽 隱隱天涯，剩水殘山五六搭。蕭蕭林下，壞垣破屋兩三家。秦川遠樹霧昏花，天橋衰柳風瀟灑。煞不如碧牕紗，晨光閃爍鴛鴦瓦。

〔衆扮父老上云〕聖上鄉里百姓叩頭。〔正末云〕父老有何話說？〔衆云〕宮闕陛下家居，陵寢陛下祖墓，今捨此欲何之？〔正末云〕寡人不得已暫避兵耳。〔衆云〕陛下既不肯留，臣等願率子弟從殿下，東破賊取長安。若殿下與至尊皆入蜀，使中原百姓，誰爲之主？〔正末云〕父老說的是，左右宣我兒近前來者。〔太子做見科〕〔正末云〕衆父老說中原無主，留你東還統兵殺賊，就令郭子儀、李光弼爲元帥。後軍分撥三千人，跟你回去，你聽我說，〔唱〕

沉醉東風 父老每忠言聽納，教小儲君專任征伐。你也合分取些社稷憂，怎肯教別人把江山霸。將這顆傳國寶，你行留下。〔太子云〕兒子只統兵殺賊，豈敢便登天位！〔正末唱〕剿除了賊徒，救了國家，更避甚稱孤道寡。

〔太子云〕既爲國家重事，兒子領詔旨率領郭子儀李光弼回去也。〔做辭駕科〕〔衆軍不行科〕〔正末唱〕

慶東原　前車疾行動因甚不進發？〔衆軍吶喊科〕一行人覷了皆驚怕，嗔忿忿停鞭立馬，惡噉噉披袍貫甲，明颩颩製劍離匣，齊臻臻鴈行班排，密匝匝魚鱗似亞。

〔陳玄禮云〕衆軍士說國有姦邪以致乘輿播遷，君側之禍不除，不能歛戢衆志。〔正末云〕這是怎麼說？〔唱〕

步步嬌　寡人呵，萬里煙塵你也合嗟訝。就勢兒把吾當謊。國家又不曾虧你半掐，因甚軍心有爭差？問卿咱，爲甚不說半句兒知心話？

〔陳玄禮云〕楊國忠專權誤國，今又與吐蕃使者交通，似謀反情，請誅之以謝天下。〔正末唱〕

沉醉東風　據着楊國忠合該萬剮，鬬的個祿山賊亂了中華。是非寡人股肱難棄捨，更兼與妃子骨肉相牽掛，斷遣盡枉展汚了五條刑法。把他剝了官職貶做窮民也是陳殺。允不允陳玄禮將軍鑒察。

〔衆軍怒喊科〕〔陳玄禮云〕陛下軍心已變，臣不能禁止，如之奈何？〔正末云〕隨你罷。〔衆殺楊國

〔忠科〕〔正末唱〕

鴈兒落　數層鎗密匝匝，一聲喊山摧塌。元來是陳將軍號令明，把楊國忠施行罷。

〔衆軍仗劍擁上科〕〔正末唱〕

撥不斷　語喧譁，鬧交雜，六軍不進屯戈甲。把個馬嵬坡簇合沙。(八)又待做甚麼？諕的我戰欽欽，遍體寒毛乍。吃緊的軍隨印轉，將令威嚴，兵權在手，主弱臣强，卿呵，則你道波寡人是怕也那不怕？

〔云〕楊國忠已殺了，您衆軍不進，却爲甚的？〔陳玄禮云〕國忠謀反，貴妃不宜供奉，願陛下割恩正法〔正末唱〕

攪箏琶　高力士道與陳玄禮休沒高下，豈可教妃子受刑罰！他見請受着皇后中宮，兼踏着寡人御榻，他又無罪過頗賢達，須不似周褒姒舉火取笑，紂妲己敲脛覰人。(九)早間把他個哥哥壞了，總便有萬千不是，看寡人也合饒過他一地胡拿。

〔高力士云〕貴妃誠無罪，然將士已殺國忠，貴妃在陛下左右，豈敢自安。願陛下審思之，將士安則陛下安矣。〔正末唱〕

風入松　止不過鳳簫羯鼓間琵琶，忽剌剌板撒紅牙。假若更添個么花十八，那些兒

是敗國亡家。可知道陳後主遭着殺伐，皆因唱後庭花。(十)

〔旦云〕妾死不足惜，但主上之恩，不曾報得。數年恩愛，教妾怎生割捨！〔正末云〕妃子不濟事了，六軍心變，寡人自不能保。〔唱〕

胡十八 似恁地對咱多應來變了卦，見俺留戀着他，龍泉三尺手中拿，(十一) 便不將他刺殺，也將他嚇殺，更問甚陛下大古是知重俺帝王家！

〔陳玄禮云〕願陛下早割恩正法。〔旦云〕陛下怎生救妾一救？〔正末云〕寡人怎生是好！〔唱〕

落梅花 眼兒前不甫能栽起合歡樹，恨不得手掌裏奇擎解語花，盡今生翠鸞同跨。怎生般愛他看待他，忍下的教橫拖在馬嵬坡下。

〔陳玄禮云〕祿山反逆，皆因楊氏兄妹。若不正法以謝天下，禍變何時得消？望陛下乞與楊氏，使六軍馬踏其尸，方得憑信。〔正末云〕他如何受的，高力士引妃子去佛堂中，令其自盡，然後教軍士驗看。〔高力士云〕有白練在此。〔正末唱〕

殿前歡 他是朶嬌滴滴海棠花，怎做得鬧荒荒亡國禍根芽。再不將曲彎彎遠山眉兒畫，亂鬆鬆雲鬢堆鴉。怎下的磣磕磕馬蹄兒臉上踏，則將細裊裊咽喉掐，早把條長攙攙素白練安排下。他那裏一身受死，我痛煞煞獨力難加。

〔高力士云〕娘娘去罷，悞了軍行。〔旦回望科云〕陛下好下的也。〔正末云〕卿休怨寡人。〔唱〕

沽美酒　沒亂殺，怎救拔，沒奈何，怎留他。把死限俄延了多半霎，生各支勒殺，陳玄禮鬧交加。

〔高力士引旦下〕〔正末唱〕

太平令　怎的教酩子裏題名單罵，腦背後着武士金瓜。教幾個鹵莽的宮娥監押，休將那軟欵的娘娘驚諕。你呀，見他問咱，可憐見唐朝天下，

〔高力士持旦衣上云〕娘娘已賜死了，六軍進來看視。〔陳玄禮率衆馬踐科〕〔正末做哭科云〕妃子悶殺寡人也呵。〔唱〕

三煞　不想你馬嵬坡下今朝化，沒指望長生殿裏當時話。

太清歌　恨無情捲地狂風刮，可怎生偏吹落我御苑名花。想他魂斷天涯，作幾縷綵霞。天那，一個漢明妃，遠把單于嫁，(十二) 止不過泣西風，淚濕胡笳。幾曾見六軍廝踐踏，將一個尸首臥黃沙。

〔正末做拿汗巾哭科云〕妃子不知那裏去了，止留下這個汗巾兒，好傷感人也。〔唱〕

二煞　誰收了錦纏聯窄面吳綾襪，空感嘆這淚斑爛擁項鮫綃帕。

〔川撥棹〕痛憐他不能勾水銀灌玉匣，又沒甚綵嬙宮娃，拽布拖麻，奠酒澆茶。只索土兒權時葬下，又不及選山陵將墓打。

〔鴛鴦煞〕黃埃散漫悲風颯，碧雲黯淡斜陽下。一程程水綠山青。一步步劍嶺巴峽。唱道感嘆情多，恓惶淚灑，早得升遐，休休却是今生罷。這個不得已的官家，哭上逍遙玉驄馬。〔同下〕

第四折

〔高力士上云〕自家高力士是也。自幼供奉內宮，蒙主上抬舉，加爲六宮提督太監。往年主上悅楊氏容貌，命某取入宮中，寵愛無比，封爲貴妃，賜號太眞。後來逆胡稱兵，僞誅楊國忠爲名，逼得主上幸蜀。行至中途，六軍不進。右龍武將軍陳玄禮奏過，殺了國忠，禍連貴妃。主上無可奈何，只得從之，縊死馬嵬驛中。今日賊平無事，主上還國，太子做了皇帝，主上養老，退居西宮，晝夜只是想貴妃娘娘。今日敎某掛起眞容，朝夕哭奠，不免收拾停當，在此伺候咱。〔正末上云〕寡人自幸蜀還京，太子破了逆賊，即了帝位，寡人退居西宮養老，每日只是思量妃子。敎畫工畫了一軸眞容，供養着每日相對，越增煩惱也呵。〔做哭科〕〔唱〕

〔正宮端正好〕自從幸西川還京兆，甚的是月夜花朝。這半年來白髮添多少，怎打疊愁容貌。

么篇　瘦岩岩不避羣臣笑，玉叉兒將畫軸高挑。荔枝花果香檀桌，目覷了傷懷抱。

〔做看眞容科〕〔唱〕

滾繡毬　險些些把我氣冲倒，身謾靠，把太眞妃放聲高叫。叫不應兩淚嚎咷。這待詔手段高畫的來沒半星兒差錯。雖然是快染能描，畫不出沉香亭畔迴鸞舞，花蕚樓前上馬嬌，(十三)一段兒妖嬈。

倘秀才　妃子呵，常記得千秋節，華清宮宴樂，七夕會長生殿乞巧。誓願連理枝，比翼鳥，誰想你乘綵鳳返丹霄，命夭。

〔帶云〕寡人越看越添傷感，怎生是好？〔唱〕

呆骨朵　寡人有心待蓋一座楊妃廟，爭奈無權柄謝位辭朝。則俺這孤辰限難熬，更打着離恨天最高。在生時同衾枕，不能勾死後也同棺槨。誰承望馬嵬坡塵土中，可惜把一朵海棠花零落了。

〔帶云〕一會兒身子困乏，且下這亭子去閒行一會咱，〔唱〕

白鶴子　那身離殿宇，信步下亭皋，見楊柳褭翠藍絲，芙蓉拆胭脂蕚。

么　見芙蓉懷媚臉，遇楊柳憶纖腰。依舊兩般兒點綴上陽宮，他管一靈兒瀟灑長安道。

么　常記得碧梧桐陰下立，紅牙筯手中敲，他笑整縷金衣，舞按霓裳樂，

么　到如今翠盤中荒草滿，芳樹下暗香消，空對井梧陰不見傾城貌。

〔做歎科云〕寡人也怕閒行不如回去來。〔唱〕

倘秀才　本待閒散心追歡取樂，倒惹的感舊恨天荒地老。怏怏歸來，鳳幃悄。甚法兒捱今宵懊惱？

〔帶云〕回到這寢殿中，一弄兒助人愁也。〔唱〕

芙蓉花　淡氤氳串煙裊，昏慘刺銀燈照，玉漏迢迢纔是初更報。暗覷淸宵盼夢裏他來，却不道口是心苗不住的頻頻叫。

〔帶云〕不覺一陣昏迷上來，寡人試睡些兒。〔唱〕

伴讀書　一會家心焦燥，四壁廂秋蟲鬧，忽見掀簾西風惡，遙觀滿地陰雲罩。俺這裏披衣悶把幃屏靠，業眼難交。

笑和尚　原來是滴溜溜遶閒堦敗葉飄，疏刺刺刷落葉被西風掃，忽魯魯風閃得銀燈爆，廝瑯瑯鳴殿鐸，撲簌簌動朱箔，吉丁噹玉馬兒向檐間鬧。

〔做睡科唱〕

倘秀才　悶打頦和衣臥倒，軟兀剌方纔睡着。〔旦上云〕妾身貴妃是也今日殿中設宴，宮娥請主上赴席咱。〔正末唱〕忽見青衣走來，報道太眞妃將寡人邀宴樂。

〔正末見旦科云〕妃子你在那裏來？〔旦云〕今日長生殿排宴請主上赴席。〔正末云〕分付梨園子弟齊備着。〔旦下〕〔正末做驚醒科云〕呀，元來是一夢。分明夢見妃子却又不見了。〔唱〕

雙鴛鴦　斜軃翠鸞翹，渾一似出浴的舊風標，暎着雲屏一半兒嬌。好夢將成還驚覺，半襟情淚濕鮫綃。

蠻姑兒　懊惱，窨約驚我來的又不是樓頭過鴈，(十四)砌下寒蛩，簷前玉馬，架上金鷄。是兀那窗兒外梧桐上雨瀟瀟，一聲聲灑殘葉，一點點滴寒梢，會把愁人定虐。

滾繡毬　這雨呵，又不是救旱苗，潤枯草，洒開花蕚。誰望道秋雨如膏，向青翠條，碧玉梢，碎聲兒刴剔，增百十倍歇和芭蕉。子管裏珠連玉散飄千顆，平白地瀽甕番盆下一宵，惹的人心焦。

叨叨令　一會價緊呵，似玉盤中萬顆珍珠落。一會價響呵，似玳筵前幾簇笙歌鬧。一會價淸呵，似翠岩頭一派寒泉瀑。一會價猛呵，似繡旗下數面征鼙操。兀的不惱殺人也麼哥，兀的不惱殺人也麼哥，則被他諸般兒雨聲相聒噪。

〔倘秀才〕這雨一陣陣打梧桐葉凋，一點點滴人心碎了。枉着金井銀牀緊圍遶，只好把潑枝葉做柴燒鋸倒。

〔帶云〕當初妃子舞翠盤時在此樹下，寡人與妃子盟誓時，亦對此樹。今日夢境相尋，又被他驚覺了。〔唱〕

〔滾繡毬〕長生殿那一宵轉迴廊說誓約，不合對梧桐並肩斜靠，儘言詞絮絮叨叨。沉香亭那一朝，按霓裳舞六么，紅牙筯擊成腔調，亂宮商鬧鬧炒炒。是兀那當時歡會，裁排下今日凄涼廝輳着暗地量度。

〔高力士云〕主上這諸樣草木皆有雨聲，豈獨梧桐！〔正末云〕你那知道我說與你聽者。〔唱〕

〔三煞〕潤濛濛楊柳雨，凄凄院宇侵簾幕。細絲絲梅子雨，粧點江干滿樓閣。杏花雨紅濕闌干，梨花雨玉容寂寞，荷花雨翠蓋翩翻。豆花雨綠葉瀟條。都不似你驚魂破夢，助恨添愁，徹夜連宵。莫不是水仙弄嬌，蘸楊柳洒風飄。

〔二煞〕咊咊似噴泉瑞獸臨雙沼，刷刷似食葉春蠶散滿箔，亂灑瓊堦水，傳宮漏飛上雕簷，酒滴新槽。直下的更殘漏斷，枕冷衾寒，燭滅香消。可知道夏天不覺，把高鳳麥來漂。

〔黃鍾煞〕順西風低把紗窗哨，送寒氣頻將繡戶敲，莫不是天故將人愁悶攪，度鈴聲響棧道，似花奴羯鼓調，如伯牙水仙操，洗黃花潤籬落，漬蒼苔倒墻角，渲湖山漱石竅，浸枯荷溢池沼，沾殘蝶粉漸消，灑流螢焰不着。綠窗前促織叫，聲相近鴈影高，催鄰砧處處搗，助新涼分外早。斟量來這一宵雨和人緊廝熬，伴銅壺點點敲，雨更多，淚不少。雨濕寒梢，淚染龍袍，不肯相饒，共隔着一樹梧桐直滴到曉。

題目　安祿山反叛兵戈舉
　　　陳玄禮拆散鸞鳳侶
正名　楊貴妃曉日荔枝香
　　　唐明皇秋夜梧桐雨

(一)梧桐雨，采白居易長恨歌中「秋雨梧桐葉落時」句以為標目也。(二)白仁甫名樸字太素，號蘭谷元澳州人。後居眞定故又為眞定人。父華仕金貴顯，於元遺山為通家。七歲時遭壬辰之難，嘗罹疫，華以事遠適，遺山晝夜抱持凡六日，竟於臂上得汗而愈。華有『顧我眞成喪家狗，賴君曾護落巢兒』謝遺山之詩。中統初，開府史公將薦於朝，再三遜謝。至元一統後，徙家金陵，從諸遺老放情山水間，日以詩酒優遊，用示己志。著有天籟詞二卷及梧桐雨雜劇二本。(三)漁陽，今北平密雲，薊縣，平谷等地。(四)昭陽，漢宮殿名。(五)華淸池名，爲溫泉浴。明皇常賜貴妃浴於此。(六)戰國魏王有嬖臣曰龍陽君。後愛弛則棄。漢班婕妤年老色衰，自歎如秋扇同捐。(七)𩏂，音苛，垂下貌。(八)馬嵬坡，在陝西興平縣西二十五里，今曰馬嵬鎭，楊貴妃死於此。(九)褒姒，周幽王之寵妃。不好笑，王悅之以萬方，故不笑。乃擧烽燧以徵諸侯，諸侯至而無寇，褒姒乃大笑。妲己，商紂王寵妃。紂好酒淫樂，惟妲己言是從。爲酒池肉林，使人裸形相逐。又爲炮烙之刑，妲己以爲大樂。(十)陳後主荒淫無度，嘗與妃嬪狎客作後庭玉樹辭，於臨春，結綺，望仙三閣上。隋師至，猶奏伎行樂。(十一)龍泉，劍名，即龍淵也。(十二)明妃，即王昭君。漢元帝宮女名嬙。後以賜呼韓邪單于，入胡爲閼氏。晉時避司馬昭諱，故稱明妃。(十三)明皇每待木芍藥盛開時，賞貴妃於沈香亭畔。明皇於宮西南置樓，其署曰花蕚相輝之樓。(十四)窨，音蔭，窔黑也。窔，音淫，深也。

倩女離魂（一）

鄭德輝（二）

楔子

〔旦扮夫人引從人上，詩云〕花有重開日，人無再少年。休道黃金貴，安樂最值錢。老身姓李，夫主姓張，早年間亡化已過，止有一個女孩兒小字倩女，年長一十七歲。孩兒針指女工，飲食茶水，無所不會。先夫在日，曾與王同知家指腹成親。王家生的是男，名喚王文舉。此生年紀今長成了，聞他滿腹文章，尚未娶妻。老身也曾數次寄書去，孩兒說要來探望老身，就成此親事。下次小的每門首看者。若孩兒來時，報的我知道。

〔正末扮王文舉上云〕黃卷清燈一腐儒，三槐九棘位中居，世人只說文章貴，何事男兒不讀書？小生姓王名文舉。先父任衡州同知。不幸父母雙亡。父親存日曾與本處張公弼指腹成親，不想先母生了小生，張宅生了一女。因伯父下世，不曾成此親事。岳母數次寄書來問。如今春榜動，選場開，小生一者待往長安應舉，二者就探望岳母走一遭去。可早來到也。左右報復去，道有王文舉在於門首。〔從人報科云〕報的夫人知道，外邊有一個秀才，說是王文舉。〔夫人云〕我語未懸口，孩兒早到了。道有請。〔做見科〕〔正末云〕孩兒一向有失探望，母親請坐，受你孩兒幾拜。〔做拜科〕〔夫人云〕孩兒請起，穩便。〔正末云〕母親，你孩兒此來，一者拜候岳母，二者上朝進取去。〔夫人云〕孩兒請坐。下次小的每，說與梅香，繡房中請出小姐來，拜哥哥者。〔從人云〕理會的。後堂傳與小姐，老夫人有請。〔正旦引梅香上云〕妾身姓張，小字倩女，年長一十七歲。不幸父親亡逝已過。父親在日，曾與王同知指腹成親，後來王宅生一子，是王文舉，俺家得了妾身不想王生父母雙亡，不曾成就這門親事。今日母親在前廳上呼喚，不知有甚事？梅香跟我見母親去來。〔梅香云〕姐姐行動些。〔做見科〕〔正旦云〕母親喚你孩兒有何事？〔夫人云〕孩兒向前拜了你哥哥者。〔做拜科〕〔夫人云〕孩兒這是倩女小姐，且回繡房中去。〔正旦出門科云〕梅香，喒那裏得這個哥哥來？〔梅香云〕姐姐你不認的他，則他便是指腹成親的王秀才。〔正旦云〕則他便是王生，俺母親着我拜為哥哥，不知主何意也呵！〔唱〕

仙呂賞花時　他是個嬌帽輕衫小小郎，我是個繡帔香車楚楚娘。恰才貌正相當。俺娘向陽臺路上，高築起一堵雨雲墻。(三)

么篇　可待要隔斷巫山窈窕娘，怨女鰥男各自傷。不爭你左使着一片黑心腸，你不拘箝，我可倒不想，你把我越間阻越思量。〔同梅香下〕

〔夫人云〕下次小的每打掃書房，着孩兒安下，温習經史，不要誤了茶飰。〔正末云〕母親休打掃書房，您孩兒便索長行往京師應舉去也。〔夫人云〕孩兒且住一兩日，行程也未遲哩。〔詩云〕試期尚遠莫心焦，且在寒家過幾朝。〔正末詩云〕只為禹門浪煖催人去，因此匆匆未敢問桃夭。〔同下〕

第一折

〔正旦引梅香上云〕妾身倩女，自從見了王生，神魂馳蕩。誰想俺母親悔了這親事，着我拜他做哥哥，不

知主何意思。當此秋景是好傷感人也呵〔唱〕

仙呂點絳唇 捱徹涼宵，颯然驚覺紗窗曉，落葉蕭蕭，滿地無人掃。

混江龍 可正是暮秋天道，儘收拾心事上眉梢。鏡臺兒何曾覽照，繡針兒不待拈着，常恨夜坐窗前燭影昏，一任晚妝樓上月兒高。俺本是乘鸞艷質，他須有中雀丰標。苦被煞尊堂間阻，爭把俺情義輕拋。空悞了幽期密約，虛過了月夕花朝。無緣配合，有分煎熬，情默默難解自無聊，病懨懨則怕娘知道。窺之遠天寬地窄，染之重夢斷魂勞。

〔梅香云〕姐姐你省可裏煩惱。〔正旦云〕梅香似這等幾時是了也。〔唱〕

油葫蘆 他不病倒，我猜着敢消瘦了。被拘箝的不忿心。教他怎動脚。雖不是路迢迢早，情隨着雲渺渺，淚灑做雨瀟瀟，不能勾傍闌干，數曲湖山靠；恰便似望天涯一點青山小。〔帶云〕秀才他寄來的詩也埋怨俺娘哩。〔唱〕 他多管是意不平，自發揚，心不遂，綴作十分的賣風騷。顯秀麗，誇才調，我這裏詳句法，看揮毫。

天下樂 只道他，讀書人志氣高。元來這凄涼甚日了？想俺這孤男寡女忒命薄，我安排着鴛鴦宿錦被香，他盼望着鸞鳳鳴琴瑟調。怎做得蝴蝶飛錦樹繞。

〔梅香云〕姐姐那王秀才生的一表人物，聰明浪子，論姐姐這個模樣，正和王秀才是一對兒。姐姐且寬心省煩惱。〔正旦云〕梅香，似這般，如之奈何也？〔唱〕

【那吒令】我一年一日過了，團圓日較少，三十三天覷了，離恨天最高，四百四病害了，相思病怎熬？〔帶云〕他如今待應舉去呵！〔唱〕千里將鳳闕攀，一舉把龍門跳，接絲鞭總是妖嬈。

〔梅香云〕姐姐，那王生端的內才外才相稱也。〔正旦唱〕

【鵲踏枝】攄胸次，那英豪，論人物，更清高。他管跳出黃塵，走上青霄。又不比鬧清曉茅檐燕雀，他是掣風濤混海鯨鰲。

〔帶云〕梅香，那書生呵！〔唱〕

【寄生草】他拂素楮鵝溪璽，（四）蘸中山玉兎毫。（五）不弱如駱賓王夜作論天表，（六）也不讓李太白醉寫平蠻藁，也不比漢相如病受徵賢詔。他辛勤十年書劍洛陽城，決崢嶸一朝冠蓋長安道。

〔梅香云〕姐姐，王生今日就要上朝應舉去，老夫人着俺折柳亭與哥哥送路哩。〔正旦云〕梅香，咱折柳亭與王生送路去來。〔同下〕〔正末同夫人上云〕母親，今日是吉日良辰，你孩兒便索長行往京師進取去也。〔夫人云〕孩兒你既是要行，我在這折柳亭上與你餞行。小的每請小姐來者。〔正旦引梅香上云〕母親孩兒來了也。〔夫人云〕孩兒今日在這折柳亭，與你哥哥送路，你把一盃酒者。〔旦云〕理會的。〔把酒科云〕哥哥滿飲一盃。〔正末飲科云〕母親，你孩兒今日臨行有一言動問。當初先父母曾與母親指腹成親，俺母親生下小生，母親添了小姐。後來小生父母雙亡，數年光景，不曾成此親事。小生特來拜望母親，就問這親事。母親着小姐以兄妹稱呼，不知主何意？小生不敢自專，母親尊鑒不錯。〔夫人云〕孩兒，你也說的是。老身爲何以兄妹相呼？俺家三輩兒不招白衣秀士。想你學成滿腹文章，未曾進取功名，你如今上京師，但得一官半職，回來成此親事，有何不可？〔正末云〕既然如此，索是謝了母親，便索長行去也。〔正旦云〕哥哥，你若得了官時，是必休別接了絲鞭者。〔正末云〕小姐，但放心，小生得了官時，便來成此親事也。〔正旦云〕好是難分別也呵！〔唱〕

〔村里迓鼓〕則他這渭城朝雨，洛陽殘照，雖不唱陽關曲本，今日來祖送長安年少。兀的不取次棄舍，等閒拋掉，因而零落。〔做歎科云〕哥哥！〔唱〕恰楚澤深，秦關杳，泰華高；嘆人生離多會少。

〔正末云〕小姐，我若爲了官呵！你就是夫人縣君也。〔正旦唱〕

〔元和令〕盃中酒和淚酌，心間事對伊道，似長亭折柳贈柔條。哥哥，你休有上梢沒下梢！從今虛度可憐宵，奈離愁不了！

〔正末云〕往日小生也曾掛念來。〔正旦云〕今日更是凄涼也。〔唱〕

上馬嬌　竹窗外響翠梢，苔砌下深綠草。書舍頓蕭條，故園悄悄無人到。恨怎消，此際最難熬。

遊四門　抵多少彩雲聲斷紫鸞簫，今夕何處繫蘭橈？片帆休遮西風惡，雪捲浪淘淘。岸影高，千里水雲飄。

勝葫蘆　你是必休做了冥鴻惜羽毛。常言道，好事不堅牢。你身去，休教心去了，對郎君低告，恰梅香報道，恐怕母親焦。

〔夫人云〕梅香，看車兒着小姐回去。〔梅香云〕姐姐，上車兒者。〔正末云〕小姐請回，小生便索長行也。〔正旦唱〕

後庭花　我這裏翠簾車先控着，他那裏黃金鐙嬾去挑，我淚濕香羅袖，他鞭垂碧玉梢。望迢迢，恨堆滿西風古道，想急煎煎人多情人去了，和青湛湛天有情天亦老，俺氣氳氳喟然聲不定交，助疎剌剌動羇懷風亂掃。滴撲簌簌界殘妝粉淚拋灑。細濛濛，浥香塵暮雨飄。

〔柳葉兒〕見淅零零滿江干樓閣，我各剌剌坐車兒，嬾過溪橋。他矻磴磴，馬蹄兒倦上皇州道。我一望望傷懷抱，他一步步待迴鑣，早一程程水遠山遙。

〔正末云〕小姐放心。小生得了官便來取你。小姐請上車兒回去罷。〔正旦唱〕

〔賺煞〕從今後只合題恨寫芭蕉，不索占夢揲著草，有甚心腸更珠圍翠遶。我這一點眞情魂縹緲，他去後不離了前後周遭，厮隨着司馬題橋。（七）也不指望駟馬高車顯榮耀，不爭把瓊姬棄却，比及盼子高來到，早辜負了碧桃花下鳳鸞交。〔同梅香下〕

〔正末云〕你孩兒則今日拜別了母親，便索長行也，左右將馬來，則今日進取功名，走一遭去。〔下〕〔夫人云〕王秀才去了也。等他得了官回來成就這門親事未爲遲哩。〔下〕

第二折

〔夫人慌上云〕歡喜未盡，煩惱又來。自從倩女孩兒在折柳亭與王秀才送路辭別回家，得其疾病，一臥不起。請的醫人看治，不得痊可，十分沉重，如之奈何？則怕孩兒思想湯水吃，老身親自去繡房中探望一遭去來。〔下〕〔正末上云〕小生王文舉自與小姐在折柳亭相別，使小生切切于懷，放心不下。今艤舟江岸，小生橫琴于膝，操一曲以適悶咱。〔做撫琴科〕〔正旦別扮離魂上云〕妾身倩女自與王生相別，思想的無奈，不如跟他同去，背着母親，一徑的趕來王生也。你只管去了，爭知我如何過遣也呵！〔唱〕

越調鬥鵪鶉　人去陽臺？雲歸楚峽，（八）　不爭他江渚停舟，幾時得門庭過馬；悄悄冥冥？瀟瀟灑灑。我這裏踏岸沙，步月華；我覷這萬水千山，都只在一時半霎。

紫花兒序　想倩女心間離恨，趕王生柳外蘭舟，似盼張騫天上浮槎。（九）　汗溶溶瓊珠瑩臉，亂鬆鬆雲髻堆鴉。走的我筋力疲乏，你莫不夜泊秦淮賣酒家？向斷橋西下，疎剌剌秋水菰蒲，冷清清明月蘆花。

〔云〕走了半日，來到江邊，聽的人語喧鬧，我試覷咱。〔唱〕

小桃紅　我驀聽得馬嘶人語鬧喧譁，掩映在垂楊下，諕的我心頭丕丕那驚怕。原來是響璫璫鳴榔板捕魚蝦。我這裏順西風悄悄聽沉罷。趁着這厭厭露華，對着這澄澄月下，驚的那呀呀呀寒鴈起平沙。

調笑令　向沙堤，款踏莎草帶霜滑，掠濕湘裙翡翠紗。抵多少蒼苔露冷凌波襪，看江上晚來堪畫，玩冰壺瀲灩天上下，似一片碧玉無瑕。

禿廝兒　你覷遠浦孤鶩落霞，枯藤老樹昏鴉；聽長笛一聲何處發？歌款乃，櫓咿啞。

〔云〕兀那船頭上琴聲響，敢是王生，我試聽咱。〔唱〕

【聖藥王】近蓼洼，纜釣槎，有折蒲衰柳老蒹葭。傍水凹，折藕芽，見「烟籠寒水月籠沙」，茅舍兩三家。

〔正末云〕這等夜深，只聽得岸上女人音聲，好似我倩女小姐，我試問一聲波。〔做問科云〕那壁不是倩女小姐麼？這早晚來此怎的？〔魂旦相見科云〕王生也，我背着母親，一徑的趕將你來咱同上京去罷。〔正末云〕小姐，你怎生直趕到這裏來？〔魂旦唱〕

【麻郎兒】你好是舒心的伯牙，我做了沒路的渾家。你道我為甚麼私離繡榻，待和伊同走天涯？

〔正末云〕小姐是車兒來，是馬兒來？〔魂旦唱〕

【么】嶮把咱家走乏，比及你遠赴京華。薄命妾為伊牽掛，思量心幾時撇下？

【絡絲娘】你拋閃咱，比及見咱，我不瘦殺多應害殺！〔正末云〕若老夫人知道，怎了也？〔魂旦唱〕他若是趕上咱，待怎麼常言道做着不怕。

〔正末做怒科云〕古人云聘則為妻奔則為妾老夫人許了親事，待小生得官回來，諧兩姓之好，却不名正言順，你今私自趕來，有玷風化，是何道理？〔魂旦云〕王生！〔唱〕

【雪裏梅】你振色怒增加，我凝睇不歸家。我本眞情非為相謔，已主定心猿意馬。

〔正末云〕小姐，你快回去罷。〔魂旦唱〕

〔紫花兒序〕只道你急煎煎登程路，元來是悶沉沉困倚琴書，怎不教我痛煞煞淚濕琵琶？有甚心着霧鬢輕籠蟬翅，雙眉淡掃宮鴉？似落絮飛花，誰待問出外爭如只在家，更無多話，願秋風駕百尺高帆，儘春光付一樹鉛華。

〔云〕王秀才，趕你不爲別，我只防你一件。〔正末云〕小姐，防我那一件來？〔魂旦唱〕

〔東原樂〕你若是赴御宴瓊林罷，媒人每攔住馬，高挑起染渲佳人丹青畫，賣弄他生長在王侯宰相家，你戀着那奢華，你敢新婚燕爾在他門下。

〔正末云〕小生此行，一舉及第，怎敢忘了小姐！〔魂旦云〕你若得登第呵！〔唱〕

〔綿搭絮〕你做了貴門嬌客，一樣矜誇，那相府榮華，錦繡堆壓，你還想飛入尋常百姓家？那時節似魚躍龍門播海涯，飲御酒，插官花，那期間占鰲頭，占鰲頭登上甲。

〔正末云〕小生倘不中呵，却是怎生。〔魂旦云〕你若不中呵，妾身荊釵裙布，願同甘苦。〔唱〕

〔拙魯速〕你若是似賈誼困在長沙，（十）我敢似孟光般顯賢達，（十一）休想我半星兒意差，一分兒抹搭，我情願舉案齊眉傍書榻，任粗糲淡薄生涯，遮莫戴荊釵穿布麻。

〔正末云〕小姐既如此眞誠志意，就與小生同上京去如何？〔魂旦云〕秀才肯帶妾身去呵！〔唱〕

么篇 把梢公快喚咱，恐家中廝捉拿。只見遠樹寒鴉，岸草汀沙，滿目黃花，幾縷殘霞。快先把雲帆高掛，月明直下，便東風刮，莫消停疾進發。〔正末云〕小姐，則今日同我上京應舉去來，我若得了官，你便是夫人縣君也。〔魂旦唱〕

收尾 各剌剌向長安道上，把車兒駕，但願得文苑客當時奮發；則我這臨邛市沽酒卓文君，（十二）甘伏侍你濯錦江題橋漢司馬。（十三）〔同下〕

第三折

〔正末引祗從上云〕小官王文舉，自到都下，攛過卷子，小官日不移影，應對萬言，聖人大喜，賜小官狀元及第，夫人也隨小官至此，我如今修一封平安家書，差人岳母行報知，左右的，將筆硯來。〔做寫書科云〕寫就了也，我表白一遍，咱寓都下小婿王文舉，拜上岳母座前，自到闕下，一舉狀元及第，待授官之後，文舉同小姐一時回家，萬望尊慈垂照，不宣。書已寫了，左右的，與我喚張千來。〔淨扮張千上詩云〕我做伴當實是强，公差幹事多的當，一日走了三百里，第二日剛剛捱下炕。自家張千的便是。狀元爺呼喚，須索走一遭去。〔做見科云〕爺，喚張千那廂使用？〔正末云〕張千，你將這一封平安家信，直至衡州尋問張公弼家投下，你見了老夫人，說我得了官也。你小心在意者。〔淨接書云〕張千知道了，我將着這一封書，直至衡州走一遭去。〔同下〕〔老夫人上云〕誰想倩女孩兒自與王生別後，臥病在牀，或言或笑，不知是何症候？這兩日不曾看他，老身須親看去。〔下〕〔正旦抱病梅香扶上云〕自從王秀才去後，一臥不起，但合

眼便與王生在一處，則被這相思病害殺人也呵！〔唱〕

中呂粉蝶兒 自執手臨岐，空留下這場憔悴。想人生最苦別離，說話處少精神，睡臥處，無顛倒，茶飯上不知滋味。似這般廢寢忘食，折挫得一日瘦如一日。

醉春風 空服徧瞑眩藥不能痊，知他這腤臢病何日起？要好時直等的見他時，也只爲這症候因他上得，得一會家縹緲呵，忘了魂靈；一會家精細呵，使着軀殼；一會家混沌呵，不知天地。

〔云〕我眼裏只見王生在面前，原來是梅香在這裏。梅香，如今是甚時候了？〔梅香云〕如今春光將盡，綠暗紅稀，將近四月也。〔正旦唱〕

迎仙客 日長也，愁更長，紅稀也，信尤稀。〔帶云〕王生你好下的也。〔唱〕春歸也，奄然人未歸。〔梅香云〕姐姐，俺姐夫去了未及一年，你如何這等想他？〔正旦唱〕我則道相別也數十年，我則道相隔着幾萬里，爲數歸期，則那竹院裏刻徧琅玕翠。

紅繡鞋 去時節楊柳西風秋日，如今又過了梨花暮雨寒食。〔梅香云〕姐姐，你可曾卜一卦麼？〔正旦唱〕則兀那龜兒卦無定准，枉央及喜蛛兒難憑信，靈鵲兒不誠實，燈花兒何太喜。

〔夫人上云〕來到孩兒房門首也。梅香，您姐姐較好些麼？〔正旦云〕是誰？〔梅香云〕是妳妳來看你哩。〔正旦云〕我每日眼界只見王生，那曾見母親來。〔夫人見科云〕孩兒，你病體如何？〔正旦唱〕

〔普天樂〕想思病最關心，似宿酒迷春睡。繞晴雪楊花陌上，趁東風燕子樓西。拋閃殺我年少人，辜負了這韶華日。早是離愁添縈繫，更那堪景物狼籍，愁心驚一聲鳥啼。薄命趁一春事已，香魂逐一片花飛。

〔正旦昏科〕〔夫人云〕孩兒，你掙挫些兒。〔正旦醒科〕〔唱〕

〔石榴花〕早是俺抱沉痾，添新病發昏迷；也則是死限緊，相催逼，膏肓針灸不能及。〔夫人云〕我請個良醫來調治你。〔正旦唱〕若是他來到這裏，煞强如請扁鵲盧醫。（十四）〔夫人云〕我如今着人請王生去。〔正旦唱〕把似請他時，便許做東牀壻。到如今悔後應遲。（夫人云）王生去了，再無音信寄來。〔正旦唱〕他不寄個報喜的信息緣何意，有兩件事我先知，

〔鬬鵪鶉〕他得了官，別就新婚，剝落呵羞歸故里。〔夫人云〕孩兒休過慮，且將息自己。〔正旦唱〕眼見的千死千休，折倒的半人半鬼。爲甚這思竭損的枯腸，不害饑；苦懨懨一肚皮。〔夫人云〕孩兒吃些湯粥。〔正旦云〕母親！〔唱〕若肯成就了燕爾新婚，强如喫龍肝

鳳髓，

〔云〕我這一會昏沉上來只待睡些兒哩。〔夫人云〕梅香，休要炒鬧，等他歇息，我且回去咱。〔夫人同梅香下〕〔正旦睡科〕〔正末上見旦科云〕小姐，我來看你哩。〔正旦云〕王生，你在那裏來？〔正末云〕小生，我得了官也。〔正旦云〕

上小樓 則道你辜恩負德，你原來得官及第，你直叩丹墀，奪得朝章，換却白衣，覷面儀；比向日相別之際，更有三千丈五陵豪氣。

〔正末云〕小姐，我去也。〔下〕〔正旦醒科云〕分明見王生說得了官也，醒來却是南柯一夢。（十四）

〔唱〕

么篇 空疑惑了一大會，恰分明這搭裏，俺淘寫相思，敘問寒温，訴說眞實，他緊摘離我，猛跳起早難尋難覓，只見這冷清清半竿殘日。

〔梅香上云〕姐姐，爲何大驚小怪的？〔正旦云〕我恰纔夢見王生，說他得了官也。〔唱〕

十二月 元來是一枕南柯夢裏，（十五）和二三子文翰相知，他訪四科，習五常典禮，通六藝，有七步才識，憑八韻賦縱橫大筆，九天上得遂風雷。

堯民歌 想十年身到鳳凰池，和九卿相，八元輔，勸金盃，則他那七言詩，六合裏，少人及；端的個五福全，四氣備；占倫魁，震三月春雷，雙親行先報喜，都爲這一紙登科記。

〔淨上云〕自家張千的便是，奉俺王相公言語，差來衡州下家書，尋問張公弼宅子，人說這裏就是。〔做見梅香科云〕姐姐，唱喏哩。〔梅香云〕兀那廝，你是甚麼人？〔淨云〕這裏敢是張相公宅子麼？〔梅香云〕則這裏就是。你問怎的？〔淨云〕我是京師來的，俺王相公得了官也，着我寄書來與家裏夫人知道。〔梅香云〕你則在這裏，我和小姐說去。〔見旦云〕姐姐，王秀才得了官也，着人寄家書來，見在門首哩。〔正旦云〕着他過來。〔梅香見淨云〕兀那寄書的，過去見小姐。〔淨見正旦驚科背云〕一個好夫人也，與我家妳妳生的一般兒。〔回云〕我是京師王相公差我寄書來與夫人。〔正旦云〕梅香，將書來我看。〔梅香云〕兀那漢子，將書來。〔淨遞書科〕〔正旦念書科云〕寓都下小婿王文舉，拜上岳母座前。自到闕下，一舉狀元，及第待授官之後，文舉同小姐一時回家，萬望尊慈垂照不宣。他原來有了夫人也，兀的不氣殺我也！〔氣倒科〕〔梅香救科云〕姐姐，甦醒者！〔正旦醒科〕〔梅香云〕都是這寄書的。〔做打淨科〕〔正旦云〕王生則被你痛殺我也！〔唱〕

哨徧　將往事從頭思憶，百年情只落得一口長吁氣。爲甚麼把婚聘禮不曾題？恐少年墮落了春闈。想當日在竹邊書舍，柳外離亭，有多少徘徊意。爭奈匆匆去急，再不見音容瀟灑，空留下這詞翰清奇。把巫山錯認做望夫石，將小簡帖聯做斷腸集。恰微雨初陰，早皓月穿窗，使行雲易飛。

【耍孩兒】俺娘把氷綃剪破鴛鴦隻，不忍別遠送出陽關數里。此時無計住雕鞍，奈離愁與心事相隨。愁縈徧垂楊古驛，絲千縷淚添滿落日長亭酒一盃。從此去，孤辰限，凄涼日，憶鄉關愁雲阻隔着牀枕，鬼病禁持。

【四煞】都做了一春魚鴈無消息，不甫能一紙音書，盼得我則道春心滿紙墨淋漓。原來比休書多了個封皮，氣的我痛如淚血流難盡，爭些魂逐東風吹不回。秀才每心腸黑，一個個貧兒乍富，一個個飽病難醫。

【三煞】這秀才則好謁僧堂三頓齋，則好撥寒爐一夜灰，則好教偷燈光鑿透隣家壁，則好教一塲雨渰了中庭麥。則好教半夜雷轟了薦福碑。不是我閒淘氣，便死呵，死而無怨，待悔呵，悔之何及！

【二煞】倩女呵，病纏身，則願的天可憐，梅香呵，我心事，則除是你盡知。望他來表白我眞誠意，半年甘分躭疾病，鎭日無心掃黛眉。不甫能捱得到今日，頭直上打一輪皁蓋，馬頭前列兩行朱衣。

【尾煞】並不聞琴邊續斷絃，倒做了山間滾磨旗。剗地接絲鞭，別娶了新妻室，這是我

棄死忘生落來的。〔梅香扶正旦下〕

〔淨云〕都是俺爺不是了。你娶了老婆便罷，又着我寄紙書來做什麽？我則道是平安家信，原來是一封休書，把那小姐氣死了。梅香又打了我一頓，想將起來，都是俺爺不是了。〔詩云〕想他做事沒來由，寄的書來惹下愁，若還差我再寄信，只做烏龜縮了頭。〔下〕

第四折

〔正末上云〕歡來不似今朝，喜來那逢今日。小官王文舉，自從與夫人到于京師，可早三年光景也。謝聖恩可憐，除小官衡州府判，着小官衣錦還鄉。左右收拾行裝，輛起細車兒，小官同夫人往衡州赴任去，則今日好日辰便索長行也。〔魂旦上云〕相公，我和你兩口兒衣錦還鄉，誰想有今日也呵！〔唱〕

黃鍾醉花陰　行李蕭蕭倦修整，甘歲月淹留帝京，只聽的花外杜鵑聲，催起歸程。將往事從頭省，我心坎上猶自不惺惺，做了場棄業拋家惡夢境。

喜遷鶯　據才郎心性，莫不是向天公買撥來的聰明，那更內才外才相稱？一見了不由人不動情，忒志誠，兀的不傾了人性命，引了人魂靈。

〔正末云〕小姐兒，住馬慢慢的行將去。〔魂旦唱〕

出隊子　騎一匹龍駒暢好口硬，恰便似馱張紙不恁般輕。騰騰騰收不住玉勒，常是虛驚。火火火，坐不穩，雕鞍劃地眼生。撒撒撒，挽不定，絲繮則待攛行。

【刮地風】行了些這沒撒和的長途有十數程。越恁的骨瘦蹄輕。暮春天，景物撩人興，更見景留情。怪的是滿路花生，一攢攢綠楊紅杏，一雙雙紫燕黃鶯，一對對蜂，一對對蝶，各相比並；想天公知他，是怎生不肯教惡了人情。

【四門子】中間裏列一道紅芳徑，教俺美夫妻並馬兒行。咱如今富貴還鄉井，方信道耀門閭晝錦榮。若見俺娘，那一會驚，剛道來的話兒不中聽。是這等門廝當戶廝撐，怎教咱做妹妹哥哥答應？

【古水仙子】全不想這姻親是舊盟，則待教祆廟火，刮刮匝匝烈熖生，將水面上鴛鴦忒楞楞騰分開交頸，疎刺刺沙韝雕鞍撒了鎖鞓，廝瑯瑯湯偸香處喝號提鈴、支楞楞爭絃斷了不續碧玉箏，吉丁丁璫精磚上摔破菱花鏡，撲通通冬井底墜銀缾。

〔正末云〕早來到家中也，小姐我先過去。〔做見跪云〕母親望饒恕你孩兒罪犯則箇。〔夫人云〕你有何罪？〔正末云〕小生不合私帶小姐上京，不曾告知。〔夫人云〕小姐現今染病在床，何曾出門？你說小姐在那裏？〔魂旦見科〕〔夫人云〕這必是鬼魅？〔魂旦云〕

【古寨兒令】可憐我伶仃也那伶仃，閣不住兩淚盈盈，手拍着胷脯自招承，自感歎，自傷情，自懺悔，自由性。

古神祇兒俺娘他毒害的有名，全無那子母面情。則被他將一箇癡小寃家，送的來離鄉背井。每日價煩煩惱惱孤另另，少不得厭煎成病，斷送了潑殘生。

〔正末云〕小鬼頭，你是何處妖精？從實說來。若不實說，一劍揮之兩段。〔做拔劍砍科魂旦驚科云〕可怎了也！〔唱〕

么篇　沒揣的一聲狠似雷霆，猛可裏號一驚，丟了魂靈。這的是俺娘的弊病，要打滅醜聲，佯做箇寱掙妖精也甚精。男兒也看我這舊恩情，你且放我去，與夫人親折證。

〔夫人云〕王秀才，且留人，他道不是妖精，着他到房中看那個是伏侍他的梅香。〔梅香扶正旦昏睡科〕

〔魂旦見科唱〕

掛金索　驀入門庭，則教我立不穩，行不正。望見首飾粧奩，志不寧，心不定。見幾箇年少丫鬟，口不住，手不停，擁着箇半死佳人，喚不醒，呼不應。

尾聲　猛地回身來合併，牀兒畔一盞孤燈，兀良早則照不見伴人清瘦影。〔魂旦附正旦體科下〕

〔梅香做叫科云〕小姐小姐，王姐夫來了也。〔正旦醒科云〕王郎在那裏？〔正末云〕小姐在那裏？〔梅

香云〕恰纔那個小姐，附在俺小姐身上就甦醒了也。〔旦末相見科〕〔正末云〕小生得官後，着張千曾寄書來。〔正旦唱〕

〔側磚兒〕哎你箇辜恩負德王學士，今日也有稱心時，不甫能盼得音書至，倒揣與我箇悶弓兒。

〔竹枝歌〕打聽爲官折了桂枝，別取了新婚甚意思。着妹妹目下恨難支，把哥哥閒傳示，則問這小妮子，被我都搶搶的扯做紙條兒。

〔正末云〕小姐分明在京隨我三年，今日如何合爲一體？〔正旦唱〕

〔水仙子〕想當日暫停征棹飲離尊，生恐怕千里關山勞夢頻。沒揣的靈犀一點潛相引，便一似生箇身外身，一般般兩箇佳人，那一箇跟他取應，這一箇淹煎病損母親，則這是倩女離魂。

〔夫人云〕天下有如此異事。今日是吉日良辰，與你兩口姐成其親事。小姐就受五花官誥，做了夫人縣君也。一面殺羊造酒，做箇大大慶喜的筵席。〔詩云〕鳳闕詔催徵舉子，陽關曲慘送行人。調素琴王生寫恨，迷靑瑣倩女離魂。

題目　調素琴王生寫恨

正名　迷靑瑣倩女離魂

(一)倩女離魂，據陳玄祐離魂記演出，事載太平廣記，唐張鎰居衡州，有女曰倩娘，甥曰王宙。宙幼聰慧，鎰許以女妻之。及長兩相愛慕，鎰忽以女別字。女聞鬱抑，宙亦恚恨，託言赴京，買舟遽行。夜半感想不寐，倩娘忽至；悲喜之餘，挈與俱遁，居蜀五年，生二子，始共歸衡州。宙詣鎰自謝，鎰大驚，以其女固在室病數年未離閨闥也。兩女旣相見，翕然合爲一體。(二)鄭德輝名光祖，元平陽襄陽人，以儒補杭州路吏，爲人方直，不妄與人交。病卒，火葬於西湖之靈芝寺。著有倩女離魂，翰林風月等雜劇四本。(三)見馬致遠漢宮秋注十四。(四)鵝溪在四川鹽亭縣西北八十里，其地產絹，唐時即以爲貢品，宋時書畫尤重之。(五)中山，今安徽宣州，宣州自唐來多產名筆。(六)駱賓王，唐義烏人，善文章，爲初唐四傑之一。(七)司馬相如，初西去，過昇仙橋，題柱曰：『不乘高車駟馬，不過此橋。』(八)見本注二。(九)張騫，漢漢中人。奉使烏孫，大宛，康居，大夏各國，往來神速，人疑爲乘槎自天上來也。(十)賈誼，漢洛陽人，爲長沙王太傅，爲其地卑濕所困。(十一)見關漢卿竇娥冤注四。(十二)見關漢卿竇娥冤注二。(十三)見本注六。錦江，即蜀江，又名瑞河。(十四)扁鵲，盧醫，古之良醫。(十五)唐李公佐作南柯記，略言淳于棼夢至槐安國，國王妻以女，令爲南柯太守，備極榮顯。旣醒，乃知是一夢，蓋寓言也。後人稱夢爲南柯本此。

揚州夢（一）　　喬吉（二）

楔子

〔冲末扮張太守引淨張千上詩云〕昔年白屋一寒儒，今日黃堂駟馬車。富貴必從勤苦得，男兒須讀五車書。小官姓張名紡，字尙之。自中甲科以來，累蒙聖恩，除授豫章太守。自幼與杜牧之爲八拜交。今牧之官爲翰林侍讀，有公幹至豫章，將欲起程回京，不免安排果桌與他餞行。小官近日梨園中，討得一箇歌妓，年方一十三歲，善能吹彈歌舞，名曰好好。我數次與他算命，道他有夫人之分，未審他姻緣在於何處？今日餞別牧之，就叫好好出來勸酒者。好好何在？〔旦扮張好好上云〕相公叫我，不知又請甚麼客？須到前廳見。〔見科云〕相公喚我，有何使用？〔張太守云〕今日與牧之餞行，你就席間歌舞一回，與他勸酒。〔旦云〕謹領尊命。〔張太守云〕張千門首覷着杜翰林來時報復我知道。〔正末扮杜牧之上云〕小生姓杜，名牧，字牧之，京兆人也。太和間舉賢良方正，累官至翰林侍讀之職。因公幹至豫章，此處太守張尙之，自幼與小生交善，今日在私宅設酒，與小生餞送，令人來請，須索走一遭去。左右報復去，道杜某來了也。〔張千做報見科〕〔正末云〕小生薄德，敢勞太守張筵也。〔張太守云〕蔬食薄味，不堪獻敬，聊引餞意耳。左右將酒過來，學士滿飮一杯。〔正末云〕太守請！〔張太守云〕學士自古道，筵前無樂不成歡樂，今舍下有一女，年方一十三歲，名曰好好，善能歌舞，着他出來歌舞一回，與學士送酒咱。〔正末云〕深蒙厚意，感謝感謝！〔張太守云〕好好你歌舞一回，伏侍相公咱。〔旦歌舞科〕〔正末云〕小官無甚奇物，瑞文錦一段，犀角梳一副，權表微誠。有詩一首：〔詩云〕汝為豫章姝，十三纔有餘。嬌媚鶻鵃兒，妖嬈鸞鳳雛。舞態出花塢，歌聲上雲衢。贈之天馬錦，堪賦木犀梳。〔張太守云〕好好謝了相公者。〔旦拜科云〕多謝厚賜！〔正末云〕多有打攪，小生不敢久留，就此告辭長行去也。〔唱〕

仙呂賞花時　唱一曲金縷悠揚雲謾行，(三)　舞一迴綵袖輕盈花弄影。今日個餞送在短長亭，對着這江山勝景，慵斟酒，訴離情。

么篇　怕聽陽關第四聲，(四)　回首家山千萬程。博着個甚功名，教俺做浮萍浪梗，因此上意嬾出豫章城。

第一折

〔外扮牛僧孺引左右親隨上詩云〕閒中清雅理絲桐，樂在琴書可用功。無事休衙消永晝，居然坐嘯古人風。老夫姓牛名僧孺，字思黯，官拜揚州太守。昔與張尚之、杜牧之為忘年友。牧之官拜翰林侍讀，因公差至此，老夫特設一席，令人請去了。左右！若杜牧之來時，報我知道。〔正末引家童上云〕小官杜牧之是也。前年公差至豫章，今又公差至揚州，有太守牛僧孺，原是父輩。今日設席相請，須索走一遭去。〔家童云〕相公，這揚州是好景致也！〔正末云〕家童，你那裏知道。想當初隋煬帝幸廣陵，看瓊花一時繁華，天下無比，你聽我說。〔唱〕

仙呂點絳唇 錦纜龍舟，可憐空有隋堤柳。（五） 千古閒愁，我則怕春光老，瓊花瘦。〔家童云〕相公行了這一路州縣，覺都不如這裏人烟熱鬧哩。〔正末唱〕

混江龍 江山如舊，竹西歌吹古揚州，三分明月，十里紅樓，綠水芳塘浮玉榜，珠簾繡幕上金鈎。〔家童云〕相公看了此處景致，端的是繁華勝地也。〔正末唱〕 列一百二十行經商財貨，潤八萬四千戶人物風流。平山堂，（六） 觀音閣，閒花野草；九曲池，小金山，浴鷺眠鷗。馬市街，米市街，如龍馬聚；天寧寺，咸寧寺，似蟻人稠。茶房內，泛松風香酥鳳髓；酒樓上，歌桂月檀板鶯喉。接前廳，通後閣，馬蹄階砌；近雕闌，穿玉戶，龜背毬樓。金盤露，瓊花露，釀成佳醞；大官羊，柳蒸羊，饌列珍饈。看官場，慣軃袖，垂肩蹴踘；喜教坊，善清歌，妙舞俳優，大都來一箇箇着輕紗籠異錦，齊臻臻的按春秋；理繁絃，吹急管，鬧炒炒的無昏晝，棄萬兩赤資資黃金買笑，拚百段大設設紅錦纏頭。

〔云〕左右報復去道，杜牧之來了也。〔左右做報見科〕〔牛僧孺云〕老夫無甚管待，左右將酒來，學士滿飲一盃。〔正末唱〕

油葫蘆 月底籠燈花下遊，閒將佳興酬。綺羅叢，封我做醉鄉侯。酌幾杯錦橙漿，洗淨談天口。折一枝碧桃春，占定拿雲手。〔牛僧孺云〕却不道文苑中古徹秀才家多好此狂飲也。

〔正末唱〕打迭起翰林中猛性子挺，拽扎起太學內體樣兒㑳。趁着這錦封未剖香先透。渴時節嚥盡洞庭秋。

〔牛僧孺云〕可不道既有知契友，又有可意人，是好宴樂也。〔正末唱〕

天下樂　端的是一醉能消萬古愁。醒來時三杯扶起頭，我向那紅裙隊裏奪了一籌。看花呵，致成症候；飲酒呵，灌的醉休。我則待勝簪花常帶酒。

〔牛僧孺云〕牧之在京師，日日有花酒之樂。老夫有一家樂女子，頗善謳舞，喚它出來，伏事學士咱。好好那裏？〔旦上云〕妾身張好好是也。原是張尚之家女童，牛太守大人與張尚之爲舊友，遂將妾身過房與牛太守爲義女，經今三年矣。今日前廳上宴客，太守大人呼喚，須索見去。〔見科〕〔正末云〕此女是誰？〔牛僧孺云〕是老夫義女，小字好好。喚來歌舞一回，與學士奉一杯酒。〔家童云〕相公好箇標致的小姐，我那裏曾見來。〔正末唱〕

那吒令　倒金缾鳳頭，捧瓊漿玉甌。蹴金蓮鳳頭，並凌波玉鉤。整金釵鳳頭，露春纖玉手。天有情，天亦老；春有意，春須瘦。雲無心，雲也生愁！

〔牛僧孺云〕小家之女，有甚十分顏色？〔正末唱〕

鵲踏枝　花比他不風流，玉比他不溫柔。端的是鶯也消魂，燕也含羞。蜂與蝶花間四友呆打頦都歇在荳蔻梢頭。

〔牛僧孺云〕牧之飲箇雙盃。〔正末云〕我與大姐穿換一盃大姐換了這一杯酒飲過者。〔唱〕

寄生草　我央了十箇千歲他剛嚥了三個半口。險涴了內家粧束紅鴛袖，越顯的宮腰嫋娜纖楊柳，添上些芙蓉顏色嬌皮肉。白處似梨花擎露粉酥凝，紅處似海棠過雨胭脂透。

〔牛僧孺云〕牧之，請飲酒。〔正末云〕且住將文房四寶來作詩一首相贈，〔家童云〕筆硯在此。〔正末唱〕

么篇　磨鐵角，烏犀冷點霜毫玉兎秋。對明窗滄海龍蛇走。蘸金星端硯雲烟透。拂銀牋湘水玻瓈皺。〔牛僧孺云〕何勞學士這等費心。〔正末唱〕比及賞吳宮花草二十年，先索費翰林風月三千首。

〔云〕你看這女子。〔詩云〕端的是仙人飛下紫雲車，月闕纔離蟾影孤。却向尊前擎玉盞，風流美貌世間無。〔唱〕

後庭花　他那裏應答的語話投，我這裏笑談的局面熟。准備着夜月攜紅袖，不覺的春風倒玉甌。〔旦云〕我再斟的滿者與相公飲咱。〔正末唱〕怎生下我咽喉？勞你個田文生受。(七)志昂昂，包古今，瞻宇宙。氣騰騰，吐虹霓，貫斗牛。袖飄飄，拂紅雲，登鳳樓。興悠悠，駕蒼龍，遍九州。嬌滴滴，賞瓊花，雙玉頭。風颼颼，游廣寒，八月秋。樂陶陶，倩春風，散客愁。濕浸浸，錦橙漿，潤紫裘。急煎煎，想韋娘，不自由。(八)虛飄飄，恨彩雲，容易收。(九)香馥馥，斟一杯，花露酒。

[旦云]此一杯酒擎着不飲，是無妾之情也。[正末唱]

青歌兒　休央及偸香偸香韓壽，(十)怕驚回兩行兩行紅袖。感謝多情賢太守，我是箇放浪江海儒流，傲慢宰相王侯。既然賓主相酬，閒敍筆硯交游。對酒綢繆，交錯觥籌，銀甲輕搊，金縷低謳。則爲它倚着雲兜，我控着驊騮。又不是司馬江州，商婦蘭舟。(十一)烟水悠悠，楓葉颼颼，不爭我聽撥琵琶楚江頭，愁淚濕青衫袖。

[牛僧孺云]學士再飲一杯咱。[正末云]酒彀了也。[背云]這女子恰似在何處曾會見他來。[牛僧孺云]既然學士飲不的酒，那女子回去罷。[旦下][正末唱]

賺煞尾　比及客散錦堂中，准備人約黃昏後。他不比尋常間墻花路柳，這公事怎肯甘心便索休！强風情酒病花愁。[牛僧孺云]無甚管待，承學士屈高就下也。[正末唱]這的是釣詩鈎，我醉則醉常在心頭；掃愁箒，爭如奉箕箒。[牛僧孺云]收之！一番相見一番老也

〔正末唱〕遮莫你鬢角邊霜華漸，稠衫袖上酒痕依舊。我正是風流到老也風流。〔下〕

〔牛僧孺云〕老夫念故人情分，安排酒殽請杜牧之，不想他酒病詩魔，依然如舊。我着家樂奉酒，他說那裏曾見這女子來，是輸不的他那一雙眼。這瘋子在豫章時，張尙之家曾見來，又早三年光景，長的比那時不同了。可知他看在眼裏，則是到不的他手。張千等他再來時，你說太守不在家，則着他去兀那翠雲樓上閒坐一會。坐的沒意思，他則索回去也。〔下〕

第二折

〔張千上云〕小人是太守府內親隨，奉老爹鈞語，着我打掃的這翠雲樓，恐怕杜學士到來遊玩，就在此管待他。〔正末引家童上樓科云〕昨日太守開宴，出紅糚，細看此女顏色嬌艷動人，甚有顧戀之意。小官一時疎狂，被叔父識破，念先人之面，未曾加責。今日心中悶倦，故來此翠雲樓遊玩。小官只爲酒病花愁，何日是好也呵！〔唱〕

〔正宮端正好〕衫袖濕，酒痕香，帽簷側，花枝重。似這等賓共主，和氣春風。一杯未盡笙歌送，就花前喚醒遊仙夢。

〔家童云〕相公昨日中酒，今日起遲，你看那樓上，却又早安排的果桌杯盤停當也。〔正末唱〕

〔滾繡毬〕日高也花影重，風香時酒力湧。順毛兒撲撒上翠鸞丹鳳。恣情的受用足，玉熢香融。這酒更壓着琥璃鍾，琥珀醲。這樓正值着黃鶴仙，白兎翁。這酒更勝似醸葡萄紫駞銀甕。這樓快活殺傲人間湖海元龍。(十二) 這酒却便似瀉金莖中玉露擎仙掌。這樓恰便似看翠盤內霓裳到月宮高捲起綵繡簾櫳。

〔正末語張千云〕我昨日中酒，且歇息一會，等太守來時，報我知道。〔張千云〕理會的。〔正末同家童俱睡科〕〔旦同四旦上云〕妾身張好好，太守大人使俺來這翠雲樓上，伏事杜翰林。他怎生却睡着了我喚他一聲！杜老爹！杜老爹！妾身來了也。〔正末起云〕太守大人可曾來麽？〔旦云〕太守公事忙，且不得來，一徑着妾等來伏事相公。〔正末云〕伏事甚麽？咱兩個且共席坐者。兀那四位小娘子會舞唱麽？〔四旦云〕頗會些。〔正末云〕既然會舞唱，大家歡樂飲三杯。〔旦云〕昨日席間怠慢相公，勿罪也。〔正末唱〕

【倘秀才】想當日宴私宅翰林應奉，倒做了使官府文章鉅公。昨日今朝事不同，熢溶溶脂粉隊，香馥馥綺羅叢。端的是紅遮翠擁。

〔云〕小娘子是張好好，這四位小娘子是何人？〔旦云〕這四箇是玉梅，翠竹，夭桃，媚柳；一同唱歌與相公送酒咱。〔正末唱〕

【滾繡毬】尊中酒不空，筵前曲未終。你教他緊垂楊玉驄低鞚。准備着倩人扶，兩袖春風。我這害酒的渴肚囊，看花的饞眼孔。結下的歡喜緣，可着他厮重。我伴着些玉嬋娟，相守相從。也不索閒遊柳陌尋歌妓，笑指前村問牧童，直喫的月轉梧桐。

〔旦云〕相公你在席間坐者，只怕太守到來，妾身且回去咱。〔旦同四旦下〕〔正末做醒科云〕好是奇怪也！恰纔那箇女子陪侍我飲酒，怎生不見了？〔家童做醒科云〕不覺的睡着了。〔正末云〕你見那女子來麼？〔家童云〕相公你敢昏撒了，幾曾見什麼女子來？〔正末唱〕

醉太平 又不是癡呆懵懂，不辨個南北西東。恰纔箇彩雲飛下廣寒宮，醉蟠桃會中，一壁廂花間四友爭陪奉，勝似那蓬萊八洞相隨從。只落的華胥一枕夢初濃，(十三)都是這風流醉翁。

〔家童云〕適纔剛打了一個盹，又早晚了也。〔正末唱〕

脫布衫 不覺的困騰騰，醉眼朦朧。空對着明晃晃燭影搖紅。這其間，在何處殘月曉風？知他是宿誰家，枕鴛衾鳳。

小梁州 這些時，陡恁春寒繡被空。冷清清，褥隱芙蓉。我則道陽臺雲雨去無蹤。(十四)今夜箇，乘歡寵，山也有相逢。

么篇 怎承望曉來誤入桃源洞。又則怕公孫弘打鳳牢龍。(十五)手背上搯着疼，脚面

上踏着痛。那裏也情深意重，猶恐是夢魂中。〔家童云〕相公則是想着那個人兒便有夢，我也不想甚麼，那裏得夢來！〔正末唱〕

〔一煞〕則願的行雲不返三山洞，好夢休驚五夜鐘。我這裏繡被香寒，玉樓人去，錦樹花飛，金谷園空。(十六)飛騰了彩鳳，解放了紅絨，捽碎了雕籠。若不是天公作用，險些兒風月兩無功。

〔家童云〕咱家回去罷！休信睡裏夢裏的事。〔正末唱〕

〔煞尾〕從今後風雲氣槩，都做了陽臺夢。(十七)花月恩情，猶高似太華峯。風送紗窗月影通；篆裊金爐香霧濛；銀燭高燒錦帳融；羅帕重沾粉汗溶；高插鸞釵雲髻聳；巧畫蛾眉翠黛濃；柳塢花溪錦繡叢；烟戶雲牕閨閣中。可體樣春衫親手兒縫，有滋味珍饈揀口兒供。再不趁蝶使蜂媒廝斷送，再不信怪友狂朋廝搬弄。但能勾魚水相逢，琴瑟和同。〔家童云〕相公喒回去來。〔正末唱〕早跳出這柳債花錢麪糊桶。〔同下〕

第三折

〔外扮白文禮引雜當上詩云〕一溪流水泛輕舟，柳岸遊人飲巨甌。自在揚州花錦地，風光滿眼度春秋。

小生姓白名謙，字文禮，揚州人也。頗有幾貫貲財，人口順以員外呼之。今有杜翰林以公差至此，明日回程，小生備下蔬酌，與他送餞。令人請去了，這早晚敢待來也。〔正末引家童上云〕小官自牛太守請我飲宴之間，有一女子，歌舞清妙；再去訪謁數次，不放參見，只著在翠雲樓上賞玩，歸來甚是無聊。今欲回程，有白員外相請，須索走一遭去。我想夢中所見那女子，端的是世間少有也呵！〔唱〕

〔南呂一枝花〕温柔玉有香，旖旎春無價。多情楊柳葉，解語海棠花。壓盡越女吳娃，從頭髻至鞋襪，覓包彈無半掐，更那堪百事聰明，模樣兒十分喜恰。

〔梁州第七〕知音呂借意兒嘲風詠月，有體段當場兒攧竹分茶。情着疼熱相牽掛。性格穩重，禮數撐達，衣裳濟楚，本事熟滑。遏行雲板撒紅牙，泛宮商曲和琵琶。受用些成頓段暮雨朝雲，拜辭了有拘束玉堂金馬。快活殺無程期秋月春花，風流俊雅，傾城絕代人皆訝。知進退，識高下，賢慧心腸不狡猾，是一箇少欠他歡喜寃家。

〔隔尾〕錦織就傳情帕，翠沼栽成並蒂花。何日靑鸞得同跨，錦衾繡榻，弓鞋羅襪，玉軟香温受用煞。

〔云〕早來到也。左右報復去道，杜牧之來了也。〔雜當報科云〕杜相公來了也。〔白文禮云〕道有請！

〔正末做見科云〕小官有何德能，敢勞員外置酒張筵？何以克當！〔白文禮云〕蔬食薄味，敢屈相公降臨，實小生之幸也。〔正末云〕敢問員外，昨太守開筵相招，席間出一紅粧，善能歌舞，未知誰氏之女？〔白文禮云〕相公不問，小生亦不敢說。此女原是個中之人，先與豫章太守張尙之爲侍兒，後來牛太守往豫章經過，取討爲義女。善能吹彈歌舞，此女就是張好好。〔正末云〕我道那裏曾見來，不瞞員外說，小官三年前在豫章，張尙之與小官送行，令一女童奉酒，年十三歲，善能歌舞，名曰好好。小官與他瑞文錦一段，烏犀梳一副，經今三年光景，他長成了十分，大有顏色，委實的令人動情也。〔白文禮云〕既然如此，相公那時就問張太守，取討此女以爲婢妾，豈不美哉！〔正末唱〕

罵玉郎　這一雙郞才女貌天生下，笋條兒遊冶子，花朶兒俊嬌娃；堪寫入風流仕女丹青畫。行一步百樣嬌；笑一聲萬種妖，歌一曲千金價。

〔白文禮云〕小生也曾見來，果然生的風流，長的可喜。〔正末唱〕

感皇恩　濃粧呵，嬌滴滴擎露山茶。淡粧呵，顫巍巍帶雨梨花。齊臻臻，齒排犀；曲彎彎，眉掃黛；高聳聳，髻堆鴉。香馥馥冰肌勝雪，喜孜孜醉臉烘霞。端詳着，厖兒俊；思量着，口兒甜，怎肯敎意兒差！

〔白文禮云〕相公與此女有緣有分，所以如此留情也。〔正末唱〕

採茶歌　非是我自矜誇，則爲咱兩情嘉，准備着天長地久享榮華。〔白文禮云〕相公放心，小生務要與相公成就了這椿事。〔正末唱〕既然你肯把赤繩來繫足，久以後何須流水泛桃花。

〔云〕員外在太守前加一美言，與小官成此一件事，員外之恩，不敢忘也。〔白文禮云〕相公放心，小生自有主意，務要完成了此事。〔正末唱〕

〔牧羊關〕則今日一言定，便休作兩事家。將你個撮合山慢慢酬答。成就了燕約鶯期。收拾了心猿意馬。合歡帶同心結，連理樹共根芽，知音呂琴中曲，好因緣錦上花。

〔白文禮云〕相公再住幾日，小生和太守說知，試看如何？〔正末云〕小官公事忙，後會有期也。〔唱〕

〔一煞〕且陪伴西風搖落胭脂蠟，權寧耐夜月寒穿翡翠紗，閒愁不索撥琵琶。〔白文禮云〕相公則為這小娘子留心那。〔正末唱〕我怎肯浪酒閒茶，再留意裙釵下；暫相別，受些瀟灑。隔雲山天一涯，兩地嗟呀。

〔白文禮云〕相公再飲一杯。〔正末云〕酒勾了。小官就此告回。〔白文禮云〕相公慢慢而行，小生說成了便有書呈奉，望賜回音咱。〔正末唱〕

〔黃鍾尾〕你題情休寫香羅帕，我寄恨須傳鼓子花。且寧心度歲華，恐年過生計乏。

〔白文禮云〕相公休別尋配偶，小生務要完成此事。〔正末唱〕縱有奢華豪富家，倒賠裝奩許招嫁，休想我背却初盟去就他。把美滿恩情却丟下，我直着諸人稱揚衆口誇。紅粉佳

人配與咱，玉肩相挨手相把，受用全別快活殺，做一對好夫妻，出入京華。不强似門外綠楊閒繫馬。〔下〕

〔白文禮云〕杜翰林去了也，風魔了這漢子，若不成就此事，枉送了他性命也。〔詩云〕俊雅長安美少年，風流一對好姻緣。還須月老牽紅線，纔得鸞膠續斷絃。〔下〕

第四折

〔牛太守上詩云〕爲政維揚不足稱，剛餘操守若冰清。一生不得逢迎力，却被心知也見憎。老夫牛僧孺是也。叨守揚州三年，任滿，赴京考績。老夫探望杜翰林數次，不肯放參。我想來在揚州之時，請他飲酒，出家樂歌唱，曾着他來與張好好四目相視，不得說話。他心懷此恨，所以嗔怪。揚州有一個白文禮，是老夫的治民，其家巨富，屢次對老夫訴說此事，要將好好配與杜牧之爲夫人，成就此一樁美事。他如今也隨老夫來到京師，今日在金字館中安排宴會，若杜牧之來時，老夫自有主意。〔下〕〔白文禮引隨從上云〕小生白文禮，昔在揚州與杜牧之送行，他只想牛太守家那女子，央小生說合成此親事。如今牛太守任滿回京，小生特隨他來，已將前事達知太守。今日在金字館中安排筵席，請杜翰林，牛太守務要完成了這門親事。小的每，門首看者，杜翰林來時，報復我知道。〔正末上云〕小官杜牧之，自離揚州，經今三載，牛太守望我數次，不會放參。今日白員外請赴宴，須索走一遭去。想昨宵沉醉，今日又索扶頭也。〔唱〕

雙調新水令　我向這酒葫蘆着渰不曾醒，但說着花衚衕我可早願隨鞭鐙。今日個酒香金字館，花重錦官城。不戀富貴崢嶸，則待談笑平生。不望白馬紅纓，伴着象板銀箏。似這淮南郡，山水有名姓。

〔云〕左右報復去道，杜牧之到了也。〔隨從報科云〕杜翰林來了也。〔白文禮云〕道有請！〔正末做見科云〕量小官有何德能，着員外置酒張筵，何以克當！〔白文禮云〕蔬食薄味，不成管待，請相公歡飲幾杯。〔正末唱〕

沉醉東風　休想道惟吾獨醒。屈平則待學衆人皆醉，劉伶澆消了湖海愁，(十八)洗滌了風雲興。怕孤負月朗風淸，因此上落魄江湖載酒行，糊塗了黃粱夢境。

〔云〕員外今日席上再有何人？〔白文禮云〕請牛太守去了，這早晚敢待來也。〔牛太守上云〕老夫牛僧孺，今日白文禮在金字館設席相請，左右報復去道，牛太守來了也。〔隨從報科云〕太守老爹來了也。〔白文禮云〕道有請！〔牛太守做見科與正末云〕老夫相訪數次，不蒙放參，只是某緣分淺薄也。〔正末云〕小官連日事冗，有失迎接，叔父勿罪。來日小官設席請罪，就屈員外同席，未知允否？〔白文禮云〕今日且飲過小生這一席，來日同赴盛宴，務要吹彈歌舞，開懷暢飲也。〔正末唱〕

水仙子　喜的是楚腰纖細掌中擎；愛的是一派笙歌醉後聽。哎你個孟嘗君，妬色獨强性，靠損了春風軟玉屏。戲金釵早嚇掉了冠纓，杜牧之難折証，牛僧孺不志誠，都一般行濁言淸。

〔牛太守云〕休題舊話了。今日員外設席，則請飲酒。〔正末云〕酒雖要飲，事也要知。小官三年前曾央白員外訴說一事，未知叔父允否？〔白文禮云〕太守大人，小生曾言將好好小姐，配與杜翰林，尊意如何？〔牛太守云〕旣然牧之心順着好好，過來相見，就與牧之爲夫人。好好那裏？〔旦上云〕妾身張好好，老爹呼喚，我自過去。〔見科云〕老爹喚你孩兒有何分付？〔牛太守云〕有杜牧之要娶你做夫人，則今日正是好日辰，等酒筵散後，就過門成親了，此宿緣也。〔正末云〕多謝叔父！〔張府尹上云〕小官張尙之先任豫章太守，今陞爲京兆府尹。因張好好與了牛太守爲義女，長大成人，今聘與杜牧之爲夫人，某奉聖人的命，因牧之貪花戀酒，本當謫罰，姑念他才識過人，不拘細行，赦其罪責，如今小官親來傳示與他。早來到了。左右報復去道，有京兆府尹下馬也。〔隨從報科云〕有新任府尹老爹下馬也。〔正末云〕道有請！〔張府尹見科〕〔正末云〕呀！張相公來了。〔牛太守云〕京兆相公，別來無恙！〔張府尹云〕牛相公，乃是父執，何故同衆位在此！〔牛太守云〕因白員外相招在此。〔張府尹云〕小官因牧之放情花酒，奉朝命本當謫罰，小官保奏，赦其無罪。〔正末云〕多謝大人！〔唱〕

〔鴈兒落〕我則道玉堦前花弄影；原來是金殿上傳宣令。本爲個牛僧孺門下人，到做了杜牧之心頭病。

〔張府尹見旦科云〕這不是我張好好麼？因何在此！〔正末唱〕

得勝令　則疑是天上許飛瓊，(十九) 原來是足下女娉婷。你栽下竹引丹山鳳，籠着花藏金谷鶯，都訴出實情。〔白文禮云〕學士你不拜丈人，還等甚麼；〔正末唱〕我做了强項令，肩膀硬。今日箇完成將這箇俊嬌娥手內擎。

〔張府尹云〕嗨！牧之因你貪戀花酒，所以朝廷要見你之罪哩！〔正末唱〕

甜水令　我不合帶酒簪花，沾紅惹綠，疎狂情性。這幾件罪我招承，你不合打鳳牢龍，翻雲覆雨，陷人坑穽。喒兩個口說無憑。

〔張府尹云〕早是小官與學士同窗共業，先奏過赦罪。不然，御史臺豈肯饒人！〔正末唱〕

折桂令　見放着御史臺，不順人情，誰着你調罨子畫閣蘭堂，搠包兒錦陣花營。既然是太守相容，俺朋友間有甚差爭？擺着一對種花手，似河陽縣令，(二十) 裹着一項漉酒巾，學五柳先生，(二一) 既能勾鸞鳳和鳴，桃李春榮，贏得青樓薄倖之名。

〔張府尹云〕牧之你聽我說：〔詞云〕太守家張好好，丰姿秀整，引惹得杜牧之，心懸意耿。若不是白員外千里通誠，焉能勾結良緣，夫爲綱領？從今日罷了酒病詩魔，把一覺十年間揚州夢醒，纔顯得翰林院

臺閣文章，終不負麒麟上書名畫影。〔正末唱〕

鴛鴦煞　從今後女功名，寫入麒麟影；結絲蘿，配上菱花鏡。准備着載月蘭舟，照夜花燈，暢道朋友同行。尚則怕衣衫不整，畢罷了雪月風花，醫可了游蕩疎狂病。今日箇兩眼惺惺，喚的箇一枕南柯夢初醒。(二二)

(一)揚州夢，紀杜牧遊揚州事。唐中書舍人杜牧，少有逸才，下筆成韻；然性疎野放蕩。會丞相牛僧孺出鎮揚州，辟掌節度書記。揚州勝地，牧供職之餘，常馳逐倡樓之上。僧孺使卒三十人易服隨後潛護之。及牧徵拜侍御史，僧孺餞行，因戒之。牧不認，僧孺命侍兒取一小書簏對牧發之，乃街卒之密報。牧對之大慙，因泣拜致謝，終身感焉。牧遣懷詩云『落拓江湖載酒行，楚腰纖細掌中輕。十年一覺揚州夢，贏得青樓薄倖名。』蓋追憶僧孺幕中事而作。作者命名之意，本取諸此。(二)喬吉一作吉甫，字夢符，號笙鶴翁，又號惺惺道人。元太原人。美容儀，能詞章，以威嚴自飭，人敬畏之。居杭州太乙宮前，江湖間四十年。至正五年，病卒於家。有揚州夢，金錢記，玉簫女等雜劇。嘗謂作樂府亦有法，鳳頭猪肚豹尾是也。大概起要美麗，中要浩蕩，結要響亮。尤貴在首尾貫串，意思清新。能者是斯，可以言樂府矣。(三)金縷曲，調名，又名金縷衣。杜牧杜秋娘詩注：『勸君莫惜金縷衣，勸君須惜少年時。』李錡常唱此曲。(四)見馬致遠漢宮秋注七。(五)隋堤柳，隋煬帝開通濟渠，沿河築堤種柳，謂之隋堤。(六)平山堂，宋歐陽修建，在今江都縣西北蜀岡上，負堂而望，江南諸山拱列簷下，故名。(七)田文，即戰國齊孟嘗君，招致天下賢士，食客常數千人。(八)韋娘，即唐杜韋娘，本娼妓，後為曲調名。(九)彩雲，古美人名。（十）韓壽，西晉堵陽人。字德眞，美姿容。賈充辟以爲掾。充女見而悅之，盜御賜西域奇香遺壽。或聞其芬馥，言於充。充考問左右婢，以狀對。充秘之，卒以女妻壽。（十一）即白居易琵琶行故事。（十二）三國魏陳，登字元龍。建安中爲廣陵太守，有威名，加伏波將軍。卒。後許汜在劉表坐，與劉備共論人物。汜曰：『元龍湖海之士，豪氣未除。』備問故，汜曰：『昔過下邳，見元龍無主客禮，自上大牀臥，使客臥下牀。』備曰：『君有國士名，而不留心救世，乃求田問舍，言無可采，是元龍所諱。如我當臥百尺樓上，臥君於地，何但上下牀之間哉？』表大笑。（十三）黃帝晝寢而夢遊於華胥氏之國。其國無師長。其民無嗜欲。不知親己，不知疎物，故無愛憎。不知背逆，不知向順，故無利害。（十四）見馬致遠漢宮秋注十四。（十五）公孫弘，漢人。字季，家貧，牧豕海上。年四十餘，乃學春秋雜說。武帝初以賢良爲博士，元朔中爲丞相。爲人外寬內深，諸嘗與有郤者，雖陽與善，陰報其禍。殺主父偃，徙董仲舒於膠西，皆弘爲之也。（十六）晉石崇有金谷園在洛陽，其妾綠珠死於此。（十七）見前注十四。（十八）屈原漁父，有『衆人皆醉我獨醒』之句。晉劉伶嗜酒，作酒德頌，有『一飲一石，五斗解醒』之句。（十九）許飛瓊，古仙人名。漢武內傳：『王母命侍女許飛瓊，鼓震靈之簧。』（二十）晉潘岳，字安仁，才名冠世，爲衆所疾。棲遲十年，出爲河陽令，勸於政績，縣中滿種桃花，人以爲美談。（二一）陶淵明，著五柳先生傳以自況，因以自號。及歸隱，郡將常候之，値其釀熟，取頭上葛巾漉酒，漉畢，還復著之。（二二）見鄭德輝倩女離魂注十四。

雌木蘭(一)　　徐　渭(二)

第一齣

〔旦扮木蘭女上〕妾身姓花名木蘭，祖上在西漢時，以六郡良家子，世住河北魏郡。俺父親名弧，字桑之，平生好武能文，舊時也做一個有名的千夫長。娶過俺母親賈氏，生下妾身，今年纔一十七歲。雖有一個妹子木難，和小兄弟咬兒，可都不曾成人長大。昨日聞得黑山賊首豹子皮，領着十來萬人馬，造反稱王。俺大魏拓跋克汗，下郡徵兵，軍書絡繹，有十二卷來的，卷卷有俺家爺的名字。俺想起來，俺爺又老了，以下又再沒一人。況且俺小時節，一了有些小氣力，又有些小聰明，就隨着俺的爺也讀過書，學過些武藝，這就是俺今日該替爺的報頭了。你且看那書上說，秦休和那緹縈兩箇，(三)一個拚着死，一個拚着入官爲奴，都只爲着父親，終不然這兩個都是包網兒，帶帽兒，不穿兩截裙襖的麼？只是一件，若要替呵，這弓馬槍刀衣鞋等項，却須索從新另做一番，也要畧畧的演習一二纔好。把這要替的情由，告愬他們得知，他豈不知事出無奈，一定也不苦苦留俺。叫小鬟那裏？〔丑扮小鬟上〕小鬟，你瞞過老爺和奶奶，隨着俺到街坊上走一回者。〔向內買諸物介〕〔引鬟持諸物上〕〔鬟〕大姑娘，把馬拴在那裏？〔末〕且寄養在對門王三家。

【點絳唇】休女身拚，緹縈命判，這都是裙釵伴，立地撐天，說什麼男兒漢？

【混江龍】軍書十卷，書書卷卷把俺爺來塡，他年華已老，衰病多纏。想當初搭箭追鵰穿白羽，今日呵 扶藜看雁數青天，呼鷄餵狗，守堡看田，調鷹手軟打兎腰拳。提携喒姊妹，梳掠喒丫鬟，見對鏡添粧開口笑，聽提刀厮殺把眉攢，長嗟嘆道，兩口兒 北邙近也，女孩兒 東坦蕭然。

要演武藝，先要放掉了這雙脚，換上那雙鞋兒，纔中用哩。〔換鞋作痛楚狀〕

油葫蘆 生脫下半折凌波襪一彎，好些難，幾年價 纔收拾得鳳頭尖。急忙的改抹做航兒泛。怎生就凑得滿幫兒楦，回來俺還要嫁人，却怎生，這也不愁他，俺家有個漱金蓮方子，只用一味硝煑湯一洗，比偌喒還小些哩。把生硝提得似雪花白，可不霎時間，漱瀼了金蓮瓣。

鞋兒到七八也穩了，且換上這衣服者。〔換衣戴一軍氈帽介〕

天下樂 穿起來怕不是從軍一長官，行間正好瞞，緊縧鈎，厮趁這細褶子繫刀環，軟噥噥襯鎖子甲，煖烘烘當夾被單，帶回來又好脫與咬兒穿。

衣鞋都換了，試演一會刀看。〔演刀介〕

那吒令 這刀呵，這多時不拈，俺則道不便，纔提起一翻，也比舊一般，為何的手不酸，習慣了錦梭穿，越國女尚要白猿教，俺替爺軍怎不捉青蛇鍊，遶紅裙一股霜摶。

演了刀，少不得也要演鎗。〔演鎗介〕

【鵲踏枝】打磨出苗葉鮮，栽排上綿木桿，抵多少月午梨花，丈八蛇鑽等待得脚兒鬆，大步重，那撚直翻身戳倒黑山尖。

箭呵，這裏演不得也則，把弓來拉一拉看俺那機關，和那綁子比舊日如何？〔拉弓介〕

【寄生草】指決兒薄，鞘靶兒圓，一拳頭揩住黃蛇蝡。一膠翎拔盡了烏鵰扇。一肐膊挺做白猿健，長歌壯士入關來，那時方顯天山箭。

俺這騎驢跨馬倒不生疎，可也要做個撒手登鞍的勢兒。〔跨馬勢〕

么繡兩襠坐馬衣，嵌珊瑚掉馬鞭。這行裝不是俺兵家辦。則與他兩條皮生綑出麒麟汗，萬山中活捉個猢猻伴。一轡頭平踹了狐狸塹，到門庭纔顯出女多嬌，坐鞍轎誰不道英雄漢。

所事兒都已停當，却請出老爺和奶奶來，纔與他說話。〔向內請父母弟妹介〕〔外扮爺老扮娘小生扮弟貼扮妹同上見旦驚介云〕兒今日呵，你怎的那等樣打扮？一雙脚又放大了，好怪也好怪也！〔木〕娘，爺該從軍，怎麼不去？〔娘〕他老了，怎麼去得？〔木〕妹子兄弟也就去不得了。〔娘〕你瘋了！他兩個多大的人去得？〔木〕這等樣兒都不去罷。〔娘〕正爲此沒個法兒，你的爺急得要上吊。〔木〕似孩兒這等樣兒，去得去不得？〔娘〕兒，俺曉得你的本事，去倒去得。〔哭介〕只是俺老兩口兒怎麼捨得你去？又一椿，便去呵你又是個女孩兒千鄉萬里，同行搭伴，朝飡暮宿，你保得不露出那話兒麼？這成什麼勾當？〔末〕娘，你儘放心，還你一個閨女兒回來。〔衆哭介〕〔扮二軍上云〕這裏可是花家麼？〔外〕你問怎麼？〔軍〕俺們也是從征的，俺本官說這坊廟里有個花弧，教俺們來催發他，一同去路，快着些。〔末〕哥兒們少坐，待俺畧收拾些兒就好同行。小鬟你去帶回馬來。〔末收拾器械介〕〔衆看介云〕好馬好器械，兒你去一定成功喝采回來。好歹信兒可要長捎一封，也免得俺老兩口兒作念。偖喒要遞你一杯酒兒，又忙劫劫的纔叫小鬟買得幾個熱波波，你拿着路上也好嚼一嚼，有些針兒綫兒也安在你搭連裏了，也預備着，也好縫些破衣斷甲。〔二軍叫云〕快着些。〔衆哭別先下〕〔末出見軍介云〕大哥們，勞久待了。請就上馬趲行。〔作上馬行介〕〔二軍私云〕這花弧倒生得好箇模樣兒，倒不像個長官，倒是個秫秫，明日倒好拿來應應急。〔末〕

么 離家來沒一箭遠，聽黃河流水濺，馬頭低，遙指落蘆花鴈，鐵衣單，忽點上霜花片，別情濃，就瘦損桃花面。一時價想起密縫衣，兩行兒淚脫眞珠線。

六么序 呀，這紛香兒猶滯在臉，那翠窩兒抹也連日不曾乾。却扭做生就的下添，百忙裏跨馬登鞍，靴插金鞭，脚踹銅環，丟下針尖，挂上弓弦，未逢人先准備彎腰見。使不得站堂堂矬倒裙邊。不怕他鴛鴦作對求姻眷。只愁這水火熬煎，這些兒要使機

關〈

〔么〕哥兒們，說話之間，不待加鞭，過萬點青山，近五丈紅關，映一座城欄豎，幾手旗竿，破帽殘衫。趁着青年，靠着蒼天，不憚艱難，不愛金錢，倒有個閣上凌烟。（四）不强似謀差奪掌把聲名換，抵多少富貴由天，便做道黑山賊寇，犯了彌天案，也無多些子差一念心田。〔指問介〕

〔賺煞〕那一答是那些兒咫尺間，如天半趄坡子長蛇倒綰，敢是大帥登壇坐此間。小緹縈禮合叅官，這些兒畧覺心寒，久已後習弄得雄心慣，領人馬一千，掃黑山一戰。俺則教花腮上舊粉撲貂蟬。

〔衆〕說話之間，且喜到主帥駐札的地方了。俺們且先尋下了安頓的所在，明日一齊見主帥者。〔下〕

第二齣

〔外扮主帥上〕下官征東元帥辛平的就是。蒙主上敕我領十萬雄兵，殺黑山草賊，連戰連捷，爭奈賊首豹子皮躲住在深崖堅壁不出。向日新到有三千好漢，俺點名試他武藝，有一個花弧，象似中用。俺如今要輦載那大砲石，攻打他深崖，那賊首免不得出戰。兩陣之間，却令那花弧攔腰出馬，管取一鼓成擒，叫花弧與衆新軍那裏？〔木同衆上跪見介〕〔外〕花弧，俺明日去攻打黑山，兩陣之後，你可放馬橫衝，管取生擒賊首，俺與你奏過官裏，你的賞可也不小。違者處斬！〔末〕得令！〔外〕就此起兵前去。

〔清江引〕黑山小寇眞見淺，躲住了成何幹？花開蝶滿枝，樹倒猢猻散。你越躲着，我越尋你見。〔衆〕

〔前腔〕黑山小寇眞高見，左右他輸得慣，一日不害羞，三飡喫飽飯，你越尋他，他越躲着看。

〔衆〕禀主帥，已到賊營了。〔外〕叫軍中舉砲。〔放砲介〕〔淨扮賊首三出戰〕〔末衝出擒介〕〔外〕就收兵回去。〔衆〕

〔前腔〕咱們元帥眞高見，算定了方纔幹。這賊假的是，花開蝶滿枝，眞的是，樹倒猢猻散。凱歌回帶咱們都好看。〔帥〕

〔前腔〕衆軍士們，好消息時下還伊見，每月鈔加一貫。又不是，一日不害羞，管教伊，三飡喫飽飯，論成功是花弧居多半。

〔到京內鳴鐘鼓作朝介〕〔帥奏云〕征東元帥臣辛平謹奏。昨蒙聖恩，命臣征討黑山巨寇，今悉已蕩平。賊首豹子皮，的係軍人花弧臨陣親擒，見解聽決。其餘有功人員，各具册書，分別功次，均望上裁。〔丑扮內使捧旨上云〕奉聖旨，卿討賊功多，特封常山侯，給劵世襲。花弧可授尚書郎。念其勞役多年，令馳驛還鄉，休息三月，仍聽取用就給與冠帶，一同辛平謝恩。豹子皮就決了，其餘功次，候查施行。〔木換官帶介〕〔帥木謝恩介〕〔受詔書〕〔丑下〕〔木〕花弧感蒙主帥的提拔，叨此榮恩，只因省親心急，不得到行臺親謝，就此叩頭，容他日效犬馬之報。〔帥〕此是足下力量所致，於下官何預？匆忙中我也不得遣賀序別。〔木〕今日得君提挈起，〔帥〕下官也是因船順水借帆風。〔帥先別下〕〔木〕

〔前腔〕萬般想來都是幻，誇什麼吾成算，我殺賊把王擒，是女將男換。這功勞得將來，不費星兒汗。

〔二軍追上云〕花大爺，你偌喒就這等樣好了。〔木〕二位怎麼這樣來遲？〔二軍〕喒兩個次候查功，如今也討得個百戶，到本伍到任，望大爺攜帶。〔木〕可喜正好同行。〔二軍〕

〔前腔〕想起花大哥眞希罕，拉溺也不教人見。〔伴〕這纔是貴相哩，天生一貴人，僥倖三同件，喒兩個呵，芝麻大小官兒。擡起眼，看一看。〔木〕

〔前腔〕我花弧有什麼眞希罕希罕的，還有一件，俺家緊隔壁那廟兒裏，泥塑金剛，忽變做，嫦娥面。〔二軍〕有這等事？〔木〕你不信，到家時我引你去看。〔下〕

〔爺娘小囊上〕自從孩兒木蘭去了，一向沒個消息，喜得年時，王司訓的兒子王郍說木蘭替爺行孝，定要定下他爲妻，不想王郎又中上賢良文學，那兩等科名，如今見以校書郎省親在家。木蘭又去了十來年，兩下裏都男長女大，得不是耍，却怎麽得他回來？就完了這頭親，俺老兩口兒就死也死得乾淨。〔二軍同木上〕〔二軍〕花大爺，且喜到貴宅了。俺兩人就告辭家去。〔木〕什麽說話，請左廂坐下，過了午去。〔二軍應虛下〕〔木進見親介〕〔娘〕小鬟快叫二姑娘三哥出來，說大姑娘回了。〔小鬟叫弟妹上介〕

〔木對鏡換女妝拜爺娘介〕

耍孩兒　孩兒去把賊兵剪，似風際殘雲一捲。活拿賊首出天關，這烏紗親遞來克汗。〔娘〕你這官是什麽官？〔木〕是尚書郎。奶奶，我緊牢拴，幾年夜雨梨花館，交還你，依舊春風荳蔻函。怎肯辱爺娘面？〔娘〕我兒虧殺了你。〔木〕非自奬，眞金烈火，儻好比，濁水紅蓮。〔拜弟妹介〕

二煞　去時節只一丟，回時節，常竝肩。像如今都好替爺征戰。妹子，高堂多謝你扶雙老，兄弟，同輩應推你第一班。我離京時買不迭香和扇，送老妹只一包兒花粉，幫賢弟有兩匣兒松烟。

〔二軍忙跑上〕花大爺，你原來是個女兒，俺們與你過活十二年，都不知道一些兒。元來你路上說的金剛變嫦娥，就是這個謎子。此豈不是千古的奇事！留與四海揚名萬人作念麽！〔木〕

三煞　論男女席不沾，沒奈何纔用權。巧花枝穩躲過蝴蝶戀。我替爺呵，似叔援嫂溺難辭手，我對你呵，似火烈柴乾怎不瞞。鷺鷥般雪隱飛纔見，算將來 十年相伴，也當個 一半姻緣。

〔二軍〕他們，這般忙，俺們不好不達時務，且不別而行罷。〔先下〕〔囊報云〕王姑夫來作賀。〔娘〕這個就是前日寄你書兒上說的這個女壻，正要請他過來與你成親，來得恰好。〔生冠帶扮王郎上相見介〕〔娘〕王姑夫，且慢拜，我纔子看了日子了，你兩口兒似生鐵鑄賴象也鐵大了，今日就成了親罷，快拜快拜。〔木作羞背立介〕〔娘〕女兒十二年的長官，還害什麼羞哩！〔木回身拜介〕

〔四煞〕甫能個小團圞，誰承望結契緣，乍相逢怎不教羞生汗。久知你文學朝中貴，自愧我干戈陣裏還。配不過東床眷，謹追隨神仙 價蕭史，（五）莫猜疑 妹子 像孫權。（六）

〔尾〕我做女兒則十七歲，做男兒倒十二年。經過了萬千瞧，那一個解雌雄辨，方信道辨雌雄的不靠眼。

黑山尖是誰霸占　木蘭女替爺征戰

世間事多少糊塗　院本打雌雄不辨〔下〕

（一）木蘭事，詳載古樂府。按明有韓貞女事，與木蘭相類，作者蓋因此而作也。木蘭不知名，記內所稱姓花名弧，及嫁王郎事，皆係作者撰出。（二）徐渭，字文長，一字天池，明浙江山陰人。諸生，天才超逸，詩文書畫皆工。客總督胡宗憲幕，以草獻白鹿表負盛名。知兵好奇計，宗憲禽徐海，誘王直，皆預其謀。宗憲下獄，渭懼禍，發狂自戕不死，遂殺其妻，繫獄。久之，得免。著有徐文長集及四聲猿雜劇等。(三)休女，卽秦女休，燕王婦，爲宗報讐，殺人都市，雖被囚繫，終以赦宥得寬刑戮。緹縈，漢文帝時孝女。父淳于意有罪當刑，緹縈請入身爲官婢，以贖父刑。帝悲其意，爲除肉刑法。(四)見馬致遠漢宮秋注十。(五)蕭史，春秋時人，善吹簫，作鳳鳴，秦穆公以女弄玉妻之，爲之築樓以居，遂敎弄玉吹簫。後弄玉乘鳳，蕭史乘龍，飛昇去。(六)孫權妹嫁劉備，世稱孫夫人，爲人驕豪，好弄兵器。定情之夕，刀劍滿帳，備不敢近，疑其有詐。

再生緣（一）　蘅蕪室（二）

第一齣

〔扮李延年冠帶上〕恩澤初承政未涯，鷄冠貝帶貴堪誇。（三）容華田竇都消歇，（四）戚畹今來第一家。某李延年是也。女弟李夫人自幼入宮，主上好生寵幸，推恩外戚，封兄李廣利爲侯，某爲協律郎。某聰慧天成，頗知音律，主上常命司馬相如爲樂章，命某譜入弦曲，無不適意。只今富幸無比哩！只是我那女弟年來多病，未見痊安，這幾日聞得十分沉重，某見爲侍中，出入無禁，不免請了母親去探問安否，須索走一遭來也。〔下〕〔旦〕〔扮李夫人病容宮女扶上〕一自當年受主恩，春風笑語却温存，可憐薄命偏多病，寂寂深居閉院門。妾身李氏是也。選入漢宮，今爲夫人，蒙聖主之寵光，爲六宮之領袖。但恨福過災生，染成此病，已經三年。聖主爲我衣不解帶，藥必親嘗，露體迎寒，偎身送暖，煞也多情哩！奈我病入膏肓，一時難起，近來愈加沉重，如何是好！正是那紅顏勝人多薄命，莫怨東風當自嗟。

〔越調鬭鵪鶉〕悶懨懨霧瑣蛾眉，亂紛紛蓬飛螓首，情慘慘寂似悲秋，困騰騰昏如中酒。終日價枕席緣深，孤眠生受。〔宮女〕娘娘且請進些早膳。〔旦〕我待要强充腸，却早也難下口。須不是好纖腰學餓的宮娃，却便如拒嗟來忍饑的野叟。

〔宮女〕娘娘如此不吃，怎生是好！這幾日病症，果是如何？

紫花兒序〔旦〕我這病症呵，算將來針砭難及湯熨難攻，藥餌難投，怎做得觀濤起色，那些個覷井夷猶。我這病兒眼見得不濟事也！休休便是盧越人也應難措手。（五）想起來柔腸迤逗，把一個玉顏妃子，番做了紅粉骷髏。

〔宮女〕娘娘請自寬心寧耐，外面卻有人聲，我把宮門開了，看有誰來者？〔扮李母同延年上〕老身李母是也。孩兒延年同我入宮探望女兒病症，早來到宮門咱。〔宮女通報進前介〕〔母〕呀！你看瘦骨支牀，奄奄待盡，那我女兒，好不痛殺我也！〔旦擡頭看介〕呀！我道誰來。

金蕉葉　猛聽得一聲聲帶怨含悲，俺只道六宮中魚序鴛儔。擡起頭來，左顧右盼，原來不是別人。卻是弟兄行，和那生身親母。〔母〕孩兒，我見你有病，和你哥哥來看你哩。這幾日輕重如何？〔旦〕母親，哥哥，要知你孩兒病症啊！恰似戰西風衰殘楊柳。

〔延年〕妹子，你這病好久了，怎生還不見好也？

小桃紅　〔旦〕又道是李夫人病已經秋，寂寞香閨久。我呵！病勢沉沉料難救，成灰蠟燭淚才乾，春蠶到老絲方就。這一回聚首，想何時再否，一似落花也使人愁！

〔內喚聖駕到，母延年出跪接科〕〔生扮武帝內侍隨上〕彤光影初徹，未會紫宸朝，移蹕深宮裏，還來慰寂寥。寡人大漢皇帝是也。所幸李夫人抱病經年，醫藥罔效，寡人好生用心調治，今日早朝尚未先往他宮中探望一回，却早來到也。〔見旦叫介〕〔旦低頭呼萬歲介〕〔生〕呀！夫人看你病骨懨懨，越加消瘦，怎生是好？〔旦〕臣妾蒲柳之姿，死不足惜，但此心難忘陛下耳。

天淨紗　多感你聖天子禮意綢繆；多感你憐香玉性格溫柔；多感你情似湘江不斷流；多感你晨昏相守，淚痕兒透染重裘。

〔生〕呀！夫人你爲何不回頭與寡人相見者！〔作悲介〕

調笑令　〔旦〕我本待強回身暫轉頭，只爭是界破啼痕怎乍收？想起來腸斷幾迴難分首，只落得向隅悲自擁衾裯。陛下，今日永訣啊！雖然咫尺對兩眸，却便是隔天河織女牽牛。

〔生又悲介內喚〕百官早朝候駕。〔生哭介〕寡人暫去早朝，再來看你咱！〔下〕〔李母〕我那女孩兒呵，聖上在前，獨不可回頭一見，囑托兄弟者。〔旦〕母親不知，妾聞以色事人者，色衰而愛弛。今我病廢之餘，形容憔悴，若使聖人見之，反生嫌憎，故此不回頭相見耳。

禿廝兒　我想幾年間恩深義厚，〔作悲介〕我那聖上呵！最動人一段風流。今日我也顧不得你，你也留不住我了。花殘月缺兩地愁，空夢斷鳳凰樓悠悠。

母親把鏡來與我照者。〔母持鏡與旦照介〕〔旦〕呀！好苦也，我眼光俱不見了。

聖藥王　他那裏蟬影浮，俺這裏電彩收。眼光兒不上鑑千秋，總然是歡與憂，也難辨妍同醜。孤鸞隻影一時休，蝴蝶夢莊周。(六)

宮人，可將前日聖上所賜玉鈎與我看者。〔宮女持上〕玉鈎在此。〔旦持玉鈎作悲介〕玉鈎玉鈎，你與我相從幾年，那知今日爲殉葬之物，可憐也呵！

尾聲　無瑕白璧應難偶，好一似夢兒裏瓊玖。若要知李夫人再世的姻緣，須認取玉鈎兒隱文在手。

〔旦手執玉鈎昏暈〕〔衆驚扶下〕

第二齣

〔扮尹夫人上〕奉帚平明金殿開，且將團扇自徘徊。玉顏不及寒鴉色，猶帶昭陽日影來。妾身尹夫人是也，名婕妤，位亞正宮，向蒙天子洪恩，寵幸無比。近日頗爲邢夫人所奪，好生妬忌。不想自李妃得幸之後，連邢夫人也冷落了。因此妾身反與邢夫人解釋前怨，更爲交好。如今聞得李妃昨已病死，深爲可喜。且待邢夫人來商議一番，却早來也。〔扮邢夫人上〕寂寂花時閉院門，美人相對立瓊軒。含情欲訴宮中事，鸚鵡前頭不敢言。妾身邢夫人是也，位封娙娥之秩，今日閑居無事，且往尹夫人宮中遊樂一回。呀！夫人萬福！〔尹〕邢夫人萬福！可知有喜事來麽？〔邢〕妾身不知。〔尹〕西宮李夫人，昨已傾逝了。聖上慟哭，聲震後宮。雖然如此，我輩入宮見妬，今日得他如此，正我你出頭之日也。〔邢〕說得有理，只恐聖上舊愛未忘，徒增悲痛。邢便得有我輩情分。我和你且往聖上跟前，弔慰一回，再作區處。〔尹〕正是正是，邢夫人請了。

〔邢〕尹夫人請了，早已到宮門也。

中呂粉蝶兒〔生上〕玉損香消，斷柔腸好難支調。纔見得略思量心旆搖搖，不住的淚兒流，情兒痛，魂靈兒飛遶。想起來雨暮雲朝，都做了夢巫山有情的虛耗。（七）

〔尹邢見介〕臣妾尹氏邢氏叩頭，願我皇萬歲萬萬歲。〔生〕二位夫人免禮。〔尹〕妾啟陛下，西宮李夫人既已物故，此乃大數宜然，望聖主且開懷抱。〔生嘆介〕夫人，你却不知，叫寡人怎生排遣也！

醉春風 誰似他情性忒温柔，風流多窈窕。倚闌無語搵鮫綃，自一種俊俏，可愛心神，可堪丰韻可憎容貌。

普天樂 想着她喜時顏，愁時態，那些處不好，越看越妖嬈。釁髩軃烏雲，雙眸似星皎。窄窄春衫香繚繞，遠山一帶螺黛輕描。〔他那半嗔半喜有意無意之間，煞是動人也。〕則見他手托着香腮，斜欹了弱體，猛的蹙損也眉梢。〔邢〕陛下三十六宮，豈無得意之人，徒自思量，有傷神理，願陛下自愛。

快活三〔生〕你道是休煩苦惱，教我却如何不繫心苗？漫勞珠玉把魂招，總來也時多少。

〔尹〕臣妾有酒一杯，可以解悶，望陛下幸臣宮中，强自消遣者。〔生〕這也不消了。〔背介〕

朝天子　說甚麼玉醪，將來弄喬，把心中悶消。便珠圍翠繞，追懽獻笑，只落得生煩懊。徹夜思量，無昏無曉，望泉臺途路杳。咳，伊夫人，伊夫人，非是俺不近人情也。試語伊曹，要解此愁啊！則除是鸞鳶牒重來到。

〔回身介〕〔邢〕臣妾啟奏柏梁臺下，月色正明，請陛下往那廂閑步者。〔生〕我也不耐煩也。

四邊靜　神魂顛倒，待舉步心兒先懶着。那月裏姮娥，好似李夫人今日也。他寂寞無聊，守廣寒淸悄，相逢在那朝？悔殺人也偸靈藥。

分付內侍，於李夫人宮中，陳設祭品，寡人祭奠去也。〔內應介〕〔生下〕〔尹〕邢夫人，你看聖上情緒慘然，我你百般勸解，自是不理，眞個是可人期不來，俗子遣不去。〔邢〕尹夫人，男子剛腸，匪石可轉，豈因存歿，遂萌二心。我和你强自順承，落得惹人嗤唉，只索聽其自然便了。正是情到不堪回首處，〔尹〕一齊分付與東風。〔同下〕〔扮內侍排香案上〕某李夫人宮中內侍是也。今日夫人亡過三日，聖上要到宮中祭奠，陳設已完，不免在此伺候者。〔生上〕迤邐行來，已是李夫人宮中了。呀！你看四壁徒存，一燈黯慘，景色蕭條，不由人不斷腸也！我那夫人啊！〔哭介〕

耍孩兒　想當初芙蓉帳暖人年少，可意處情諧意調。指望那秦臺相並紫鸞簫，(八)共靈妃乘霧飄颻。今日裏啼殘春去鵑悲蜀，唳斷秋空鶴外遼。這苦切誰知道，空有一靈炯炯，向九地迢迢。

〔內侍〕請爺爺拈香。〔生拈香介〕

四煞　名香滿爇燒，騰騰篆靄飄，把愁心直寄黃泉道。你便是旃檀會上供香玅，蓮品臺中滓穢消。那割愛處尤堪悼，總慈航汎泳，難解我苦海波濤。

〔內侍〕請爺爺奠酒。〔生奠酒介〕

三煞　誰言這酒杯兒傾，是珠淚兒拋，夫人夫人，你飲我這杯酒者呀，可憐也！看千呼萬喚無音耗。你往日裏朱唇半啓含靈液，却便是玉頰微酣暈淺桃。今日呵！縱一滴何曾到，空使我滿腔悲痛，盡付與短嘆長號。

二煞　離恨天忒恁高，怕淚痕有盡情難了。想着你一言一字皆都雅，微笑微顰總倩嬌。溫柔境眞堪老，本是那藍田玉暖，今番做合浦珠遙。(九)

尾聲　音容再見難，夢魂相會少。常言道有情却被多情惱，終日呵！清夜裏無眠直到曉。

叫內侍傳語外廷，有得道的方士尋一個來，啟建追亡大醮七晝夜，與李夫人資薦者。〔衆應下〕

第三齣

〔淨扮李少翁道冠服上〕清溪道士人不識，上天下天鶴一隻。洞門深鎖碧牕寒，滴露研硃點周易。某濟人李少翁是也。愛慕神仙，精通法術，大則喚雨呼風，小則驅魔召鬼，無所不通，無所不曉。近日漢宮中李夫人亡過，聖主日夜思念，因而成疾，遍出榜文，尋覓有道之士，追修法事，兼令召請亡魂。某承命而來，已虔誠誦經三日了。今日攝召李夫人前來與聖上相見，可也不容易哩。〔向內云〕徒弟們，啟奏聖主，上殿焚香，導引前來者。〔衆鼓樂迎生上〕朕自亡過李夫人以來，終日哀痛，不能一見音容，好苦人也！前者夢見夫人，把蘅蕪之草，獻與寡人，因而醒覺，遂名其處曰遺芳夢室。今有方士李少翁，能召亡魂，寡人命其致誠召請，却早來到齋壇也。〔淨迎生介〕臣李少翁迎駕，願我皇萬歲萬萬歲。〔生〕起來侍候，內侍看看來焚香者。〔生上香介〕這一炷香，祈保風調雨順，國泰民安者。這一炷香，祈保亡過夫人李氏，勿滯冥途，早昇仙界者。這一炷香，祈保李夫人再轉輪迴，重諧姻眷者。〔生揖畢〕方士們舉動鼓樂，作法召魂也。〔衆動鼓樂畢，淨仗劍噀水步罡請神如世俗常儀介〕〔衆下〕〔生〕怪哉怪哉！你看殿角邊香風冉冉，環珮珊珊，却似一美人來也。

雙調新水令〔旦道粧霞冠上〕半天涼露點高臺，見黍離故宮猶在。想當時呵！無情花落去，今日裏相識燕歸來。難捨難排，怎勾却相思債。

聖上，今日妾身來也。〔生〕呀！夫人看你容華色澤，無異生前，瀟洒出塵，如登仙籙。是耶非耶，兀的不痛殺我也！〔生旦各悲介〕〔旦〕妾在生遭逢聖明，自幸無過，上帝憐我，收置殿前，充爲玉女。這仙階却非小可也呵，

雁兒落 一自那分飛桂寢中，却便冲舉霞霄外。〔生〕恁般說，你敢是蓬萊三島，做個眞仙，或在極樂西方，爲個佛弟子哩。〔旦〕不是，不是！那裏有神仙白玉樓，也不是大士黃金界。〔生〕你長逝之後，寡人日夜悲思，不知你可想也不想？

得勝令 〔旦〕可憐呵！空自有柔腸日九迴，怎能得華表一歸來？若非是玉簡通天闕，那便有鸞驂下帝堦？〔生〕你可在此多留幾時麼？〔旦〕堪哀！刻限也難躭待。悲哉！這相逢似夢覺回，這相逢似夢覺回。

〔生〕夫人，你且近前來，與朕慢慢說話者。〔旦悲介〕可憐呵，幽明路隔，人鬼殊形，陛下眞天子威靈，妾身縱要上前，如何近得？

沽美酒 覷罘罳，七尺材；覷罘罳，七尺材。却便似尋方丈隔蓬萊，花底鴛鴦淚打開，對面也難相會。〔生旦悲介〕〔旦〕只落得迸鮹珠。萬行洒，迸鮫珠，萬行洒。

〔生〕夫人，你不知寡人近日之事，陳皇后冷落長門，衛子夫不復再幸。尹婕妤，邢娙娥，恩寵自疏。只我這一點心腸那一日一時，不思量你哩！〔又各悲介〕〔旦〕我那聖上呵！

川撥棹　只因是愛緣深難擺劃；愛緣深難擺劃。分明是下場頭寃家債，到不如寂寞鈿釵，冷落花堦霧鎖雲埋團扇悲哀。那時雖死了，免得個多愁多害，怎似今日哩悲念呵，向西風青鬢改。

〔生〕夫人今日相見之後，一似宓妃乘霧，神女辭雲，（十）不知你在那一個所在，那一個時候，再得相會也？〔又悲介〕〔旦〕咳！我到忘了與聖上說知。我自死亡之後，見爲玉女，上帝憐聖上思慕之情，要把妾身再生人世，續此前緣。十五年之後，還入宮侍聖上也。

太平令　論先後形骸換改，這靈光須是根荄。要知識輪迴妙解，試探取鈎紋掌內。臣妾身死之日手持玉鈎，悲咽而逝。聖上於十五年後遍訪民間，有女子雙拳未開，待聖上親啟其手，有玉鈎者即妾也。我呵，這一場投胎換胎，那些兒難猜易猜；呀，須認取李夫人姻緣還再。

〔生〕呀！這卻好也，但是寡人思念悲楚，度日如年，十五年光陰，好難待哩！不知夫人所投之處，是那裏地方，那家人氏，試說一番，與寡人聽者。

七弟兄　〔旦〕你漫道未來，十五載難捱，霎時間烏兎也難相待。雙名兒鈎弋事重諧，向河間陳姓生身在。

〔生〕呵！好也好也。世間有這等奇事，有這等快事，感謝天地了。〔望空揖介〕夫人你今日相見之後，神魂還可再來否？〔旦〕妾身相見之後，卽將往生，今在此亦不久矣，就此拜別聖上者。〔生〕呀！如何忍下得別了也！〔生旦各悲介〕〔旦拜別介〕

梅花酒　歛儀容，叩玉階；歛儀容，叩玉階。啼紅淚，界香腮。緣已盡，恨無涯。嘆紅顏，信命乖。乍時合，一時開。今日別去呵，望聖上保重玉體，勿以臣妾爲念，有傷天和。〔悲介〕謝君王，莫過哀。收淚眼，放憂懷。

收江南　呀！這花草吳宮幽徑埋，此一去呵！似逝水東流直北迴。爲雲不上楚陽臺，（十二）鎖長門，遍綠苔；鎖長門，遍綠苔。雲飛霧靄，環佩九天回。

清江引　這一回悲苦還增倍，別去應難再。人民料已非，城郭知安在？却比那不相逢愁更大。

〔旦下〕〔生〕呀！夫人去了，兀的不痛殺我也。叫內侍記取夫人今日之言，到十五年後，河間地方挨查陳姓女子兩拳不開者，卽便奏知。成事之後，重加陞賞。〔衆應同下〕

第四齣

〔扮白鬚里長上〕生男無喜，生女無怒，獨不見衞子夫霸天下。某家爲何道此言語。當今天子寵幸後宮，分恩外戚，好生豪貴哩。今又詔諭中外，廣選嬪妃，特着河間一府挨查民間女子雙拳不開的，即便選擇入宮，却也好笑。人生下來，這兩隻手兒那有不開的。如今官府行文如此某家身充里長不敢推辭。只得東走西奔，南尋北訪，討得個消息，回報官府須索走一遭也。〔下〕〔扮媒婆上〕某河間府，一個官媒是也。爲因選擇宮女，本府着落俺們一干做媒的，要尋雙拳不開的女子。終日尋訪好生煩難。昨日走過西村人家，見一個老兒同着妻子閑話，那女子可有十五六歲他老兒說道，『孩兒你如今年紀長成了，我要擇婿嫁你，只這般美貌，怎麽雙手却伸不開，如何是好？』那婆兒道老官不消憂得，我前日叫個相面的看他相，得極貴哩。就問他雙拳不開，他說大貴之日，自然好了。老身聽他夫妻自言自語，即便進去問他姓氏，他說姓陳。看那女子兩手，果是拳的，這也奇事。目今府官陞堂，不免去通報者。〔下〕〔扮內侍上〕壺漏稀聞高閣報，天顏有喜近臣知。某穿宮內侍是也。今日聖上視朝，只索在此侍候者。呀！你看警蹕傳呼，瑞煙縹緲，却早聖駕來也。

仙呂點絳脣〔衆引生上〕旭景侵明，曉烟收暝，蓮籌隱聲，送雞人看霧湧千言進。

內侍叩頭。〔生〕叫內侍，今日體中不佳，可傳旨百官，止令有事者奏聞，其餘免其朝參，俱各散去。〔內侍傳旨衆應介〕〔生〕你看朝門外濟濟蹌蹌，好漢官威儀也呵！

混江龍　金甌全盛，千秋奠鼎泰階平。只是那漠南齊解辮，百粤會王正。遠迢迢竹杖葡萄來漢殿，奔騰騰權奇天馬列西營。祇多少嵩呼天闕，封祝堯庭，(十二) 曉鐘開戶，仙仗陳兵，旌旗柳拂，劍佩花迎。這一時英雄豪傑，那一個不在朝也。更有那詞雄司馬，策射公孫；龔黃治理，衛霍功勳；(十三) 乘槎通使，嬌節安民，呈材進技，霧涌雲蒸。只有一件可憐也，李夫人傾逝一十五載，宮中無可當意者。前因召魂之語，博得深求，尚無音耗，寡人每每靜思之時，好動情也！〔悲介〕最消魂，閨空蕙帳，館娃愁，那些個簾開紫被，昭容引。鎮日價悲啼淚滿，寂寞魂驚。

〔扮河間太守上〕踏破鐵鞋無覓處，得來全不費工夫。某河間守是也。爲因選擇拳夫人進宮，不免先入奏知左右的，於朝門外伺候者。〔內應〕〔入叩頭介〕臣河間守叩頭，願我皇萬歲萬萬歲。臣有一事奏聞天聽，前蒙聖旨選取雙拳不開女子，今訪得本郡陳氏之女，年方十五，雙拳不開，特選取護送至都門候旨者。〔生〕呵！却原來這段姻緣果在河間也。

油葫蘆　要識生前夙世因，便知那繫足紅絲定。舊事兒須信再來身，新夫人望裏君王幸。李夫人夢裏離魂倩，新人呵工織縑，那裏是舊人呵悲秋詠。後先身幻出雙形影，那些個幻裏辨虛眞。

叫左右，于朝門外宣取美人入宮者。〔衆鼓樂前導迎旦跪介〕〔內侍宣旨介〕奉聖旨，河間民人陳氏之女，姿容俊雅，德性溫良，今冊封爲夫人，居鈎弋宮。謝恩。〔旦叩頭謝介〕〔生〕夫人上前相見者。〔看介〕呀！你看窈窕之容，幽閑之度，宛然李夫人再生，好傷感也！

〔天下樂〕想曾是吳王宮裏人氤氳，（十四）待怎生十年來將人空苦心。悵湘靈曲已終，怨荆襄夢未成。（十五）那曉得向門庭尋舊徑。

夫人，你爲何雙拳不開也？〔旦〕臣妾蒲柳之質，夙遭天刑。但稽之相術，考之讖緯，僉云得事聖主，即便開舒，不知果否？〔生〕呀！好奇怪也！且上前來，待寡人親開者。〔生開旦拳介〕呀！怪哉怪哉！中有玉鈎一枚，宛是當年所賜李妃之物，教人覩此，益動悲思。咳！可憐呵！

〔那吒令〕我與你恩緣故深，猛可裏釵鸞兒乍分。我與你三生締盟，猛可裏衾鴛兒淚驚。我與你多情有情，因此上夢蝶兒更醒。須知道造物底撩人多變亂底迷眞性，試看取掌內鈎文。

〔旦〕呵！我猛記得了也，臣妾前身，原是李氏，上帝憐念陛下情深，命妾輪迴，再蒙恩寵，掌中玉鈎，爲此印證也。

〔鵲踏枝〕〔生〕你道是金屋中貯娉婷，椒宮裏舊知名，只爲那修短無端，幾年間玉碎珠沉。你一靈兒把東皇索倩，這相逢好一似枯木重榮。

寄生草　寡人今日得子之後呵！心逾愛，你可也情倍增。兩文禽比翼同棲穩，巧連枝共理雙垂蔭，豔芙蓉芳蒂交相並。只見那笑欣欣玉笙吹徹小樓寒，那裏有意沉沉金缸唧壁流蘇冷。

么篇　因朝暮覆雨雲，這其間似軒轅夢入華胥境，（十六）周王歷覽玄池勝，（十七）漁郎誤探桃花信。這仙遊不似此相逢十年悲苦從今定。

〔旦〕臣妾蒙聖上悲念前身，過承恩眷，終身之幸也。但恐勢如積薪，情同捐扇，願聖恩永矢勿諼者！

煞尾　〔生〕夫人！你休將疑慮深，好把心安審。念一段衷情耿耿，把舊恨新懽都再整。看十年前玉屑靈丸，豈今日裏情亡意冷，再把那妙義禪機還自省。總形骸未眞，這靈光是準，願普天下有情的，都似俺與夫人。〔同下〕

（一）再生緣，記漢武帝李夫人事。言夫人臨沒，以所贈玉鉤殉葬。武帝用李少君術，與夫人相見。夫人自訴當再生人世，在河間陳家，十五年後，更續前緣。得河間女子，拳握玉鉤，是爲鉤弋夫人。其大段與鉤弋宮記相似。據正史及他傳記，本無李夫人轉世爲鉤弋夫人之說，蓋紐合生情也。（二）作者姓名不可考，約明中葉間人。自稱蘅蕪室編，閱定者杭州沈士伸也。（三）鵕音宜，又稱鵕鸃，雉之有文彩者。漢郎侍中，皆冠鵕鸃。（四）容華，漢女官名。田竇，指田蚡，竇嬰，皆漢貴戚。（五）見鄭德輝倩女離魂注十三。越人即扁鵲。（六）語出莊子齊物論。

(七)見馬致遠漢宮秋注十四。(八)秦臺即秦樓見徐渭雌木蘭注五。(九)藍田山名今陝西藍田縣東出美玉,故亦稱玉山。合浦今廣東縣名產珠寶。(十)宓妃伏羲氏女溺死洛水,遂爲洛水之神故又名洛妃神女見注五。(十一)見注五。(十二)漢書武帝本紀:『朕用事華山,至於中嶽,親登嵩高,御史乘屬在廟旁吏卒咸呼萬歲者三。』舊稱頌祝天子曰嵩呼曰呼嵩曰山呼,本此意。莊子『堯遊乎華,華封人曰「請祝聖人使聖人壽,使聖人富,使聖人多男子。」』(十三)漢武帝時,司馬相如以詞賦稱,公孫弘策射第一,龔遂黃霸以循吏聞,衞青霍去病以武著。(十四)吳王宮裏,指西施事。(十五)湘妃,善鼓瑟。荆襄,即楚襄王,見注七。(十六)見喬吉揚州夢注十三。(十七)周穆王常駕八駿登崑崙山,見西王母于瑤池。玄池,即瑤池。

洛水悲(一)

汪道昆(二)

〔末上〕〔臨江仙〕金谷園中生計拙，(三)高陽池上名流，山公任放是良謀，(四)歌聲終夜發，酒債幾時勾？漢水悠悠東到海，繁華總是浮漚。趁他未白少年頭，樽前宜粉澤，座上即丹丘。部中更有一段新詞，名洛神記，小子略陳綱目，大家齊按宮商。

帝子馳名八斗　神人結好重淵

鄴下風流遺事　郢中巴里新篇

〔旦扮洛神上〕

步步嬌　白蘋紅蓼淸川上，風起濤聲壯。懷人各一方，脉脉窮愁，昭昭靈響，何處斷人腸？斜陽煙柳憑欄望。

美人嬌且閑，高門結重關。容華豔早日，誰不希令顏？佳人慕高義，求賢良獨難。衆人徒嗷嗷，安知彼所觀。妾身甄后是也。待字十年，傾心七步。無奈中郎將弄其權柄，遂令陳思王失此盟言。嘉偶不諧，眞心未泯。後來郭氏專寵，致妾殞身，死登鬼錄，誰與招魂？地近王程，寧辭一面，將欲痛陳顚末，自分永隔幽明，畢露精誠，恐干禁忌？如今帝子已度伊闕，將至此川，不免托爲宓妃，待之洛浦，正是漢主不須求地下，楚妃準擬到人間。明珠翠羽何在？〔小旦二人上〕川上孤鴛鴦，哀鳴求匹儔。我願執此鳥，惜哉無輕舟。不知娘娘有何懿旨？

〔旦〕今日渡河，欲與陳思王相會，你每捧百和香，持七寶扇，同我去走一遭。〔小旦〕理會得。〔旦〕我想那陳思王啊！

好姊姊　他是皇家麒麟鳳凰，華國手，還須天匠。建安詞賦，伊人獨擅場。（五）〔合〕長瞻仰，歸來旌節雲霄上，恨望關河道路長。

〔小旦〕曾聞織女渡河，不意今日有此良會。

前腔　天孫離居自傷，弄機杼含顰悽愴，牽牛幾許，今來河漢旁。〔合前〕

〔旦〕遠看後車數十乘，從者數百人，想是帝子車從，我與你且在江湄緩步慢慢等他，也知行路難如此，未會牽牛意若何。〔虛下〕〔生陳思王淨丑中涓外末力士上〕

神仗兒　王程鞅掌，王程鞅掌，君恩駘蕩，歇馬登高馳望，極目雲沙煙莽，山歷水湯湯。

謁帝承明廬，逝將歸舊疆，清晨發皇邑，日夕過首陽。（六）伊洛廣且深，欲濟川無梁。汎州越洪濤，怨彼東路長。顧瞻戀城闕，引領情內傷。寡人應詔入朝，言歸東國，方從伊闕，來到洛川。你看白日西馳，黃河東逝，車煩馬憊，前驅不行，不免在此假宿一宵，多少是好。扈從諸臣各宜就舍，明日早行。〔衆應介〕謹奉旨。〔外末同下〕〔生〕你看雲光未暮，風致頗佳，只着中涓二人隨我到陽林之下，縱步一會，散悶則箇。〔淨丑〕理會得〔生〕

好事近　千騎出長楊，回首五雲天上。孤身去國伊闕幾重巖障？臨淵望洋，見沙頭鷗鳥閑來往。想我半生枉過，有事無成，怎如得那鷗鳥。〔合〕問何如機事渾忘，一任取煙波消長。行到陽林，足力稍倦，不免在此倚杖片時。〔生淨丑下〕〔旦引小丑上〕侍兒，我和你到洲上，採芝去來。〔應介〕〔旦〕

前腔　徜徉步屧水雲鄉，且和伊采采中洲平莽。雲英五色芝草叢生彌望。猗蘭㷊，香折芳華，欲寄同心賞。〔合〕涉江流已沒紅梁，具河舟又無蘭槳。

〔生淨丑上〕〔生〕豎子，那河洲之上有一麗人，你得見否？〔淨丑〕不會見。〔生〕你每且猜他是何等女子，直怎如此娉婷。〔淨〕我猜他又抱琵琶過別船，想是潯陽妓女。（七）〔生〕不是。〔丑〕羅綺晴嬌綠水洲，想是江漢游女。（八）〔生〕不是。〔淨〕清江碧石傷心麗，莫不是浣紗烈女。〔生〕也不是。〔丑〕環佩空歸月夜魂，定是嫁河伯的鬼女。〔生〕胡說！你每凡胎肉眼，怎得見國色天香。你看那女子，翩若驚鴻，婉若游龍。榮曜秋菊，華茂春松。穠纖得中，修短合度。芳澤無加，鉛華弗御。踐遠遊之文履，曳霧綃之輕裙。體迅飛鳧，飄忽若神。凌波微步，羅襪生塵。髣髴若輕雲蔽月，飄飄若流風迴雪。動無常則，若危若安。進止難期，若往若還。含辭未吐，氣若幽蘭。華容婀娜，令我忘餐。若非水月眞人，定是玉天仙子。他在那壁廂立地，不免斂容少進，存問一番。〔旦〕侍兒，帝子玉趾親來，妾身且立下流，待他相見。〔生〕豎子，你傳言與仙子，寡人欲接令顏，傾蓋數語，肯相容麽？〔傳介〕〔旦〕侍兒，你傳與君王，旣辱先施，願承顏色。〔傳介〕〔生〕如此，就請相見。〔相見介生〕久抗塵容，叨陪文履，幸玆神遇，甚愜夙心。〔旦〕雅聞令譽，快覩光儀。敬拜下風，願當末照。〔生〕寡人陳思王曹植，應詔入朝，畢事之國。願聞仙子起居。〔旦〕妾乃洛水之神，居此數千年矣。〔生〕吾聞洛水之神，乃伏羲氏之女，名曰宓妃，不知是否？〔旦〕王言是也。〔生起介〕靈妃安坐，寡人少達。〔旦〕請王自便。〔生背語〕你看宓妃容色，分明與甄后一般，教我追亡撫存，好生傷感人也。

泣紅顏 歸路洛川長，見佳人嬌麗無雙。蛾眉宮樣，容華如在昭陽。你看睢鳩，倘然有偶，吾曹何獨無緣。臨風悼亡，忤愁心匹鳥河洲上。〔合〕嘆陳人何處歸藏，對靈妃願與翺翔。

〔旦〕你看帝子一見顏色，十分沉吟，教我無語自傷，有懷莫吐。

前腔 悲涼人世苦參商。想當初呵！心違鳳卜，寵奪椒房。〔生〕吾聞神人異道，不得相干，不意寡人有此良覿。〔旦〕妾慕君久矣。多君倜儻，照人前玉質金章。論君家文藝呵！眞個是人文紀綱，發天葩揚馬還誰讓。〔合〕幾年間展轉興思，一霎時盼睞生光。

〔生〕子好芳草，豈忌爾貽。此間旣無紹介，又乏蹇修，羈旅之人，無以爲好。願解懷中佩玉，少効區區。〔旦〕美人贈我瓊瑤琚，何以報之明月珠。妾身願奉明璫，以酬令德。〔生〕得此簡珠，敢不懷德。〔旦〕服玆良玉豈敢忘情。〔生收介〕呀，是好明珠也呵！

解三醒 誰探取玄珠象罔，抵多少雜佩琳琅。我比他英英玉色連城賞，他比我炯炯明珠照乘光。且休疑江妃曲渚遺交甫，(九) 端的是神女陽臺薦楚王。〔合〕分明望，猶疑夢寢，恐涉荒唐。〔旦〕

前腔 邂逅逢東都才望，殷勤獻南國明璫。我思他懷中蜜意頻覷望，他思我耳畔佳音遠寄將。只怕他洞房珮冷愁無極，幾能勾合浦珠還樂未央？〔合〕分明望，心同澤畔，跡異潯陽。

〔小旦〕告娘娘，你看空山脫翠，古渡昏黃，日云暮矣，請娘娘還宮。〔生〕才得相逢，安忍遽別？〔旦悲介〕妾身雖以私心自効，終難以遺體相從，侍人促行，就此告別，幸王自愛，永矢不忘。〔拜介〕

五更轉 意未申，神先愴，東流逝水長，晨風願送願送人俱往。落日江關，掀天風浪，丹鳳棲烏，鵲橋應無望。夢魂不斷，不斷春閨想。妾身從此別去呵！〔合〕寂寞金鋪，蕭條塵網。

〔生〕呀！靈妃端的去了。離別永無會，執手將何時？〔旦〕王其愛玉體，永享黃髮期，君王尊重。〔旦小旦同下〕〔生〕可憐素手明於雪，只恐廻身化作雲。洛神既去，寡人神馳力困，我想那孤館獨眠，怎捱到曉？

前腔 結綺窗，流蘇帳，羈棲五夜長，無端惹得惹得風流況。半晌恩私，千迴思想。 想那洛神臨去之時呵，顰翠眉掩，玉襦增惆悵。他既去呵，好似天邊牛女遙相望。〔合〕一葦難航，無如河廣？

豎子，今宵無限憂思，應難成寐。你每與我秉燭達旦，待我作賦一篇。〔淨丑〕只今深宮傳燭，別院聞香。已多時了，請大王早回。〔生〕是如此。

欲歸亡故道　顧望但懷愁
誰令君多念　自是懷百憂

(一)洛水悲，寫曹植感甄后事。魏東阿王求甄逸女不遂，武帝回與五官中郎將植，殊不平。黃初中入朝，文帝示植甄后玉縷金帶枕，時已為郭后讒死。植還度轘轅，將息洛水上，思甄后，遂作感甄賦。後明帝見之，改為洛神賦。(二)汪道昆，字伯玉，明歙縣人。嘉靖進士，官義烏令，教民講武，人人能投石超距，世稱「義烏兵」。後與戚繼光破倭寇，累官兵部侍郎。嘗與李攀龍、王世貞輩切劘為古文辭，有副墨及太函集一百二十卷。又有洛水悲、高唐夢等雜劇。(三)見喬吉揚州夢注十六。(四)山簡，晉河內人，字季倫，山濤子。出為征南將軍，鎮襄陽。習氏有佳園地，簡每出遊嬉，多之池上，名之曰高陽池。世人稱簡為山公。(五)建安，漢獻帝年號。(六)首陽，山名，共有四。此指在今河南偃師縣西北者。(七)唐白居易作江州司馬時，夜送客潯陽江，逢彈琵琶妓女，為作琵琶行。(八)詩國風有『漢有遊女，不可求思；江之廣矣，不可方思。』之詩。(九)文選江賦注引韓詩內傳：『鄭交甫遵彼漢皋臺下，遇二女，與言曰：「願請子之珮。」二女與交甫，交甫受而懷之。』

昭君出塞(一)

陳與郊(二)

夜行船 〔貼扮宮女上〕彩鳳曉銜丹詔往，青鸞遠降賜戎王。一霎宮闈，萬端悲愴，忍使翠塵珠块。

金壺漏盡禁門開，飛燕昭陽侍寢廻。隨分獨眠秋殿裏，遙聞笑語自天來。奴家是漢宮中一個女官是也。領着君王詔旨，宣王昭君上殿，守宮的快請你王娘娘承旨。

金瓏璁 〔旦扮昭君上〕倚簾聽乍響，宮嬪笑語風香。何忽忽喚娘娘？〔貼〕有旨。〔旦〕空庭春暮矣，驚傳詔奉清光。疑錯報，幸平陽。

朝日殘鶯伴妾啼，開簾惟見草萋萋。庭前時有東風入，楊柳千條盡向西。宮人，有甚旨來？〔貼〕官家今日御未央宮，傳旨宣王嬙上殿，下嫁單于。〔旦作悲介〕兀的不悶殺人也！〔貼〕請娘娘寬心。

二郎神 〔旦〕心悒怏，嘆韶年受深宮業障。〔貼〕娘娘向來情緒如何？〔旦〕只粉淚香魂消共長，這分明瑣定沉沉金殿鴛鴦，鳳吹鸞笙霞外響。〔貼〕娘娘，人人道六宮中是閬苑蓬萊，人間天上哩。〔旦〕羞殺人蓬萊天上。〔貼〕娘娘，官家也曾行幸來麽？〔旦〕說甚雨雲鄉，到巫山才知宋玉荒唐！(三)

前腔　思量，愁容鏡裏，春心紘上，戶牖恩光猶妄想。宮人宮人，怎落花飛燕，這般樣銜出宮牆。〔貼〕只爲前日毛延壽指寫丹青，遍需金帛，娘娘自恃天香國色，不送黃金，因此喬點畫圖，故淹珠玉，今日官家按圖遣嫁，躭誤了娘娘也，〔旦〕元來如此。却信着翻覆丹青浪主張，悔那日黃金空阻當，我待愬君王。〔貼〕娘娘面奏時，那毛延壽該萬死也！〔旦〕宮人你覷我面貌呵，正是一時憔悴盡，如今却是畫圖中。怕如今雙雙淚眼相當。〔下〕

〔衆扮中常侍二人中涓二人力士二人隨生扮漢皇上〕〔衆報〕至尊來也。

遠地遊　〔生〕和親定講，此日天孫降，向銀河蚤塡滯沆。看女官到時，速宣王嬙上殿來。〔衆應介〕〔旦上叩頭介〕〔生作驚介〕呀！怎生與畫圖中模樣相去天淵，分明是洛浦仙姿，(四)藍橋豔質，(五)壓倒三千粉黛，驚廻十二金釵。毛延壽這厮好生誤事，着武士將毛延壽斬了！〔衆應介〕〔生〕我便別銓淑女，遠賜單于，省得埋沒了這照乘明珠，連城美玉也。由得我，只一件姓名已去，若寡人失信單于，眼見得和親不志誠也。罷罷罷！

囀林鶯　美人，你　雙蛾淡掃忒恁粧，教人追恨貪狠。〔旦拜辭介〕〔生〕看你　雲鬟歛怨辭仙杖。宮恩虜信勢不兩全，今日裏恩和信怎地商量？天公醞釀，千般痛盡在這去留一晌。謾匆忙。美人，少留一刻呵！强如別後空尋履跡衣香。

前腔〔旦〕君王愛奴鸞與鳳，便鶯燕老何妨？自嗟薄命投夷帳，無情是畫筆平章。沉吟自想，可憐臣妾此去呵！只明月送入關上，更徬徨金徽形影，誰憐我玉殿肝腸？

〔生〕着中常侍四人中涓二十八羽林將領，一一如嫁公主舊例，好送昭君出關也。〔衆應介〕〔生下〕

〔衆〕請娘娘換了新裝上馬者。〔旦更衣介〕

北雙調新水令 征袍生改漢宮粧，看昭君可是畫圖模樣。舊恩金勒短，新恨玉鞭長。迤逗春光，旆旌下，塞垣上。

南步步嬌〔衆〕翠擁珠圍雕鞍傍，遮莫驪駒唱。齊紈漢苑香，吹落龍沙艸，迴花放。娘娘，何必悶膻鄉。比着先前孤另啊！便綺羅宮裏同惆悵。

〔旦〕中常侍，我不爲別的。

北折桂令 聽了些鼓角笙簧，氣結愁雲，淚灑明璫。守宮砂點臂猶紅，襯階苔履痕空，綠髩寒金照腕，徒黃關幾重，山幾疊，遮攔仙掌。雲一攜，雨一握，奚落巫陽。〔外末〕那單于是一國之主？〔旦〕道甚君王想甚風光，單則爲名下閼氏，躭誤了紙上王嬙。

將琵琶上來。〔作彈介〕

南江兒水〔二貼〕燈下茱萸帳，車前苜蓿鄉。常言道，言語傳情不如手。傷情倂入琵琶唱。那

更這灞橋流水傷來往，渭城新柳添悽愴。娘娘！着甚支吾鞅掌。女兒每呵！轉向長門，

(六)兩地一般情況。

北雁兒落帶得勝令〔旦〕宮人那裏是哭虞姬，別了楚霸王。(七)端的是送嬌娃，替了山西將；保親的像李左軍，送女的一似蕭丞相。(八)止不過漢戟凜胡霜，則待出紅兒擾白狼，壓翻他殺氣三千丈，那里管啼痕一萬行！〔貼〕娘娘你怨着官家可想着宮中來麼？〔旦〕蒼黃，今日箇盼宮中忘鞍上，參商來日個望天山，疑帝鄉；望天山，疑帝鄉。

南僥僥令〔外末〕娘娘，傷心懷漢壤。衆官員呵，携手上河梁。你有一日蒲桃春釀賞。又只怕，鴻雁秋來斷八行。

北望江南〔旦〕呀！恁便是鴻雁秋來斷八行？誰一會把六宮忘？儘着他箜篌馬上漢家腔。央及煞愁腸。俺自料西施北方，料西施北方，百不學東風笑倚玉欄牀。

南園林好〔一貼〕謫青鸞寃生畫郎。今日呵，辭丹鳳愁生故鄉。娘娘，雖未度關，想這一片心呵，先向李陵臺上憐歲月，伴淒涼，還遣夢到椒房。

〔衆〕已到玉門關了，請娘娘過關。〔旦〕俺只着馬兒款款行，車兒慢慢隨，緣何這般樣到的快也。左右

替我勒駐馬者。〔應介〕

北沽美酒帶太平令〔旦〕覷中常扣紫韁，覷中滑泣紅粧。西出陽關更渺茫，似仙姝投鬼方，如天女付魔王。護送官，〔衆應介〕還宮奏當今主上，只說感皇恩去國婆娘，若問咱新來形像，休道比舊時摧喪。我好恨也，恨殺人也。這一斷鐵腸，酌量兩廂，死不分未央歡賞。

南尾〔衆〕可憐一曲琵琶上，寫盡關山九轉腸，却使千秋羅綺傷。

請娘娘過關保重。〔旦〕生受你這一天愁，怎生發付我也！

〔衆〕鶯燕銜花出上陽　一枝寒玉任烟霜

〔旦〕淚痕不學君恩斷　拭却千行更萬行

（一）見馬致遠漢宮秋。（二）陳與郊字廣野，號玉陽仙史，明海甯人，萬曆進士，官至太常少卿。工樂府，有黃門集隅園集及昭君出塞文姬入塞等雜劇。（三）宋玉作高唐賦，言楚襄王夢遇神女。見馬致遠漢宮秋注十四。（四）洛浦，卽洛水之濱，洛神出滅于此。（五）藍橋，在陝西藍田縣東南，世傳其地有仙窟，卽唐裴航遇雲英處。（六）長門，漢宮名。武帝陳皇后失寵，別在長門宮，使人奉黃金百金，令司馬相如爲長門賦以悟主上，陳皇后復得親幸。（七）見馬致遠漢宮秋注十二。（八）見馬致遠漢宮秋注十三。

團花鳳

葉憲祖（一）

正名　老虔婆錯把姻緣送　惡少年枉却風情弄
賢太守高懸明鏡臺　俏佳人巧合團花鳳

楔子

〔生扮白受之上〕弱冠才情思不禁，傷春何苦嘆沉吟？雖然是書中有女顏如玉，怎教我辜負文君一片心？小生姓白名受之，烏陽郡空谷里人也。數年之前曾在後村符家讀書，偶見他家似仙小姐，才色俱絕，一向留意。後來鄰家湛婆說，這小姐也十分愛慕小生，欲要嫁我。只爲他父親符明員外嫌我貧寒，不允。近聞有個富家子弟名喚金莊，求媒問親，我的事不諧矣。只是撇那小姐不下。

〔普天樂〕我待　强優游，差排去得着悶皺。心坎上還相守，想佳人獨倚秦樓也，（十）　盈盈隔水凝眸。料不是傳言虛謬，他是個賢門德耀求良偶，豈懷春別樣風流？咳！說什麼書中自有，恨書生命薄，空自悲秋！

已知無益事，還作有情癡。且自書齋納悶則箇。〔下〕

第一折

〔丑扮湛婆上〕欺心圖發蹟，轉眼落便宜。老身湛婆便是。販賣營生，後村符員外家往來慣熟。好笑他家似仙小姐，一心要嫁白秀才。他父親又要許金家小姐，把一股團花鳳釵，央我送與白秀才，做個表記，約他明晚後門相等，隨他私奔。我想白秀才寒酸氣傲，老身懶得到他家去。外甥駱喜原是市井上一個惡少年，不如把這樁好事作成了他，老身先落了這股釵兒，日後還要分他些珍珠首飾，多少是好！且自回家去來。

〔下〕

〔淨扮駱喜上〕造化生前定，姻緣天上來。小子駱喜，便是專在市井上游手度日，不期天大造化，符員外家似仙小姐，要嫁白秀才，央我舅姆湛婆，和他相約私奔。難得舅姆好意，把這樁好事作成了我。一個如花似玉的小姐，霎時落在我手裏，畢竟還有許多金珠首飾，豈不一舉兩得？天色將晚，且到他家後門相等。

〔笑介〕眼見得喜煞我也！〔下〕

〔旦扮符似仙上〕佳人自古會憐才，不是春情散不開。多少眉間共心上，一齊吩咐與琴臺。奴家符氏之女，小字似仙，數年之前，因見前村白秀才，才貌出衆，有心要嫁他，也曾央人對我父親說知，怎奈父親嫌他貧寒不允。近日金家問親，倒有許諾之意。我想嫁得白秀才這般丈夫，不枉了郎才女貌。金家銅臭兒郎，怎肯屈意從他？事勢兩難，不如私奔白郎，遂吾平生之願也。

羅江怨　春閨近長成，芳心未縈，何事香羅瘦不勝。只爲宋家墻上苦關情也。女貌郎才，一對天生定，西鄰守一經，東鄰誇滿贏，笑爺行只把錢神佞。

又一件，湛婆把我那股鳳釵拿去約他，不知停當與否？怎麼這般時候，不見些消息兒？

前腔 青鸞早寄聲，香魂轉驚，已拚多露伴宵行。還怕 東君消息漏春鶯也。待月迎風，目斷梨花影。思郎病已增，羞郎怯未曾，好教人展轉重思省。

〔丑捧包上〕 小姐，思省甚麼？鵲橋牢駕定織女快臨河，白官人在門外等候多時，老身替你拿了這個包兒，開了後門出去便是。〔旦〕 多謝你老人家費心了。〔開門介〕 〔丑〕 白官人快來！〔淨上〕 小生在此。〔丑〕 白官人過來與小姐見禮了。〔淨旦揖介〕 〔淨〕 小生有何德能，承小姐不棄，此情當銘心刻骨。〔旦〕 奴家竊慕君子才情，不顧鶉奔之恥，望乞體諒！〔淨〕 好說好說。〔丑〕 你兩個趁此月黑，速即趲行，少遲恐怕有人知覺。白官人你來拿了這包兒。〔付包介〕 小姐你便和白官人去罷，老身自替你遮掩。〔下〕 〔淨〕 小姐請便趲行。〔旦走介〕

香柳娘 曳羅衫欲行，曳羅衫欲行，心中暗警，無媒徑草資談柄。為檀郎繫情，(三) 為檀郎繫情，詞賦擲金聲，(四) 丰神濯珠穎。便臨風締盟，便臨風締盟，願對三星，休教薄倖。〔淨〕

前腔 向娘行謝承，向娘行謝承，鯫生何幸，兼葭玉樹羞相映。〔覷旦介〕 且偸閑定睛，且偸閑定睛，弱態裊娉婷，明粧足嬌靚。羨金蓮步輕，羨金蓮步輕，欲進還停，倩人扶凭。

小姐，小姐，小脚難行，小生相扶這個。〔旦〕 官人慢來。

〔前腔〕這程途乍經，這程途乍經，再穿芳徑生憎，路滑蒼苔迸，喜雲開月升。喜雲開月升，原來這般荒野去處，豐草蔽寒堈，疏林照孤影。〔見淨慌介〕呀！不好了！你那漢子，原來不是白秀才，爲何騙我至此！ 頓令人顫驚，頓令人顫驚，錯認淵明，無端僥倖。

漢子走開，放我回去。〔淨攔介〕小姐，小姐只有錯來，沒有錯放，又道天假良緣，也只得將錯就錯。

〔前腔〕是天緣作成，是天緣作成，安排歡慶，譬如鴻投魚網，也是前生定。〔旦〕地方救人！救人！〔淨〕請娘行禁聲，請娘行禁聲，地僻少人行，天高總不應。〔內喝道〕〔淨慌介〕那邊喝道響，定有巡夜官府到來。小姐又喊叫不絕，如何是好也！ 待遮藏怎生，待遮藏怎生，幸有枯井在此，不免推他下去，瞞過官府，〔扯旦推下介〕你且做墜井銀瓶，空憐脩綆。

這個包兒，若待官府搜出，不當穩便，也丟下井裏去。〔伏介〕〔外扮公朗上，雜引〕有錢沉綠水，無犬吠黃昏。下官姓公，名朗，扶桑人氏，今爲烏陽郡守，巡行四野，暮夜方歸。那道傍蹲踞者何人？與我拿過來。〔雜拿淨介〕〔淨〕小人在此撒屎。〔外〕胡說，井上可是你撒屎的！皂隸打這廝！〔雜打淨介〕〔外〕這廝在此荒野，犯夜獨行，必有奸弊，帶在馬前，還要再問。〔雜鎖淨介〕〔外〕正是防奸須禁夜，息盜可安民。〔喝道同下〕〔老旦扮留媼，末扮留仁，貼旦扮留仁妻隨上走介〕

〔前腔〕聽村鷄載鳴，聽村鷄載鳴，東方破暝。留仁夫婦，我們趕早回家去來，大家促步歸鄉井。

〔旦叫救人介〕〔老旦〕那裏叫救人？〔末〕像是在井裏叫。〔老旦〕快去看來，速忙救取。〔末看介〕井中果有一人，且喜市上買得一疋白布在此，待我放下去撈他起來。妻子，過來一齊下手。〔末貼撈介〕

〔老旦〕恁呼號可矜，恁呼號可矜，寶塔纍層層何如救人命？〔救旦上介〕〔老旦〕呀！原來是一女娘，問誰家女英，問誰家女英，正在芳齡，爲何投身深穽？

〔旦〕奴家落難之人，被人謀害，幸得婆婆救命，感恩不淺。〔拜介〕

前腔 轉悲來涕零，轉悲來涕零，自傷薄命。你是我 重生父母丘山並。〔老旦〕女娘，宅上何在？老身送你回去。〔旦〕奴已無家可歸，不知婆婆高姓，家住那裏，乞帶奴家回去，當個侍女看承，尊意肯否？〔老旦〕老身留氏，老婦久已孀居，適從莊上回來。女娘若肯枉顧，當得相陪。〔旦〕如此感謝不盡。〔老旦〕女娘，請便纔行，〔旦〕願身充下乘，願身充下乘，蹤跡已飄萍，羈棲類浮梗。〔老旦〕渡過這條窄河，就是寒家了。〔末〕來得湊巧，上流頭搖下船來了，〔丑扮勞得月搖船上〕醉撈波底月，棹破水中天，自家勞得月便是。呀！留老娘回來了，上船來！上船來！〔衆下船介〕〔旦〕喜津頭棹迎，喜津頭棹迎，苦海波平，賴有 慈航接引。

〔尋釵介〕呀！不好了，奴家有股玉鳳釵兒，原是幼年插帶之物，方纔帶在鬢上，不料失下井中，如何是好？

〔末〕娘子這個不打緊，勞家長便煩你往防村枯井中撈取玉釵，自有酒錢相謝。〔丑〕曉得曉得！〔老旦〕已到寒門，女娘請進。〔旦〕謝君提掇，起免落汚泥中。〔同下〕〔丑〕井底裏一人怎去，且回去與妻子說知，約下酒友莫弄風同去走一遭兒。〔搖船下〕

第二折

〔副淨扮莫弄風上〕平心無飯吃，作惡有天知。自家莫弄風，開個小酒店度日，船家勞得月，原與我吃酒相知，忽然邀我到防村枯井中撈取玉釵，是他下井撈取釵兒，還有一包金珠手飾，惹動我的意兒，請他一頓石塊，登時結果，落得獨自受用，這般好心人天也不虧負，他且去閩他娘賭他娘去也。〔下〕

〔末扮符明上〕犬出莫掩門，臭出莫掩裩，貪看劉漢老，羞殺卓王孫。老夫符明是也，家門不幸，生下不肖之女，昨夜隨人逃失，我想他久要嫁那白秀才，必然是他誘去，不免告他去那。〔下〕

〔外雜引上〕五馬朱旛漢吏尊，高懸明鏡字軒轅。不疑爲政多平反，定國令人自不冤。下官公朗，爲因昨日放告，有符明告秀才白受之誘女私奔一節，事跡可疑，帶上聽審。〔生末同上〕〔外〕白受之，你名繫青衿，當效坐懷之展季；（五）情移紅袖，竟同竊婦之巫臣。（六）却怎麼說？

北新水令　你是個公門桃李出墻枝，還須讀書循禮。陌頭空有約，濮上總難期。（七）爲甚麼，孤鳳求妃，弄琴心犯出了風流罪？

〔生〕老大人，小生素守禮法，符家失女之事，實不知情。

【南步步嬌】幾載辛勤雕蟲技，不解窺園意，閒情怎浪題？況小生與府家既非親戚，又非比鄰，縱有兒女之情呵！室遠心遐，誰歌唐棣？念小生家下，蓬舍滯荆扉，那討得重重錦帳將春閉？

〔外〕自生反覆嗚寃，不爲無理，府氏揣摩告事，委屬可疑，府明汝女深閨久處，豈無崔氏之紅娘。（八）外事通傳，必有賈門之邊媼。（九）一一說來！

【北折桂令】試推詳一段情詞，捉五猜三，轉覺狐疑。你那女兒呵，必有個長夜追隨，鶯花佐使，風月提携，兩下裏打合嬌癡，一朝兒做出瑕疵。是你平日價失落維持。你可也從頭細數，我則待着意窮追。

〔末〕告稟老爺，小人女子房中別無使數丫環，只有販賣湛婆時常走動。

【南江兒水】自念蓬茅女，隨身麻苧宜，那裏有雲鬟金雀相隨侍？只有那湛婆呵，他連朝出入多親昵，幽閨笑語無疑忌，或恐就中傳遞，仰望神明，寶鼎難藏魑魅。

〔外〕是了是了，速拿湛婆。〔雜拿丑上〕湛婆拿到。〔外〕湛婆，你往來南北街頭，怎得人無兩舌出入是非門裏，定因家有三婆替那女子送煖偎寒，移商換羽，都是你這老賤人了！

【北雁兒落帶德勝令】我看你，爛斑舌勝滑稽，我看你撲推臉多狐媚。你待去花柳寨插旌旗，你待去風月場爲牙儈。他有女處深閨，你做送春的庾嶺梅，引鐵的龍宮石，攝魂靈九尾狸。乘機任調弄虛和實，臨時又賸挪東與西，又賸挪東與西。

〔丑〕老爺，府家失女事情老婦人實不知。〔外怒介〕胡說，拶起來！〔雜拶丑介〕〔丑〕爺爺，待老婦人招，招。原是府家女子教我約下白秀才，隨他私奔，是我不合漏泄私情，致生他變。

南僥僥令　玄珠思佩贈，綠綺欲聯飛。是我做蝶翅蜂腰相傳示，又不合賺劉郎去較遲，賺劉郎去較遲。

〔外〕贈以江皐佩，恐非交甫之投；(十)賺彼武陵春，誰得漁人之利？從實說來！〔丑〕府家女子有一股玉鳳釵兒，教送與白秀才。老婦人留得在此，領他逃奔的是我外甥駱喜。〔外〕可知道哩，把釵兒拿上來！〔丑送釵介〕〔外〕速拿駱喜！〔雜拿淨上〕駱喜拿到。〔外〕呀，原來就是你這奸徒，你披星犯露，只道意室中之藏；握雨攜雲，不料誘桑間之女？到此有何話說！

北收江南　呀，這奸謀是你不須提，却原是竊花賊，占東牀，頂替了俊義之。(十一)向西廂，打劫了俏鶯兒。問佳人在那些，問佳人在那些？連累他亡羊兩處泣臨歧！

〔淨〕老爺，府家失女，小人有甚相干？〔外怒介〕湛婆現已招成，你還抵賴則甚？夾起來！〔雜夾淨介〕

〔淨〕爺爺，小人招了便是。那晚是湛婆教我到府家後門相等，騙出女子逃走，行至防村，却好遇見爺爺，只得埋沒過了，此情是實。

南園林好 俟城隅雲封月底，望丘中人生路迷，喝道使君來至。姻緣惡，兩分離；眼未飽，腹還飢。

〔外〕這都是了，要見女子今在何處？〔淨〕那時路傍有一枯井，推下井中去了！〔外〕手下快去撈取。〔雜應下〕〔外〕駱喜只圖波中捉月，怎來雪上添霜？你的罪名越加重了。〔雜撈屍上〕稟老爺撈得屍首驗過遍體重傷，却是一個男子。〔外驚介〕怎麽是個男子，駱喜怎說？〔淨〕這個連小人也不知道。那晚原不曾動手，或者是個男子也未可知？〔外〕唗，胡說！那晚失子都而見狂且，（十二）已爲可笑；今日求驪牝而得黃牡，又是大奇。若要秦宮主重返鳳凰樓，（十三）除非包待制三勘蝴蝶夢，好生的亂我心曲也！

北沽美酒帶太平令 籠中鳥，變雄雌，籠中鳥，變雄雌。轅下馬，混黃驪，怨鬼梧丘你怎知？爲甚事血淋漓？莫是我眼迷稀，沒甚麼帶葉連枝，又不是尋生替死，怎生般藏鬮猜謎。呀！羞煞我包家待制。

手下，把這一干人犯監候再審。〔生末丑淨同下〕〔外〕巢眞聽差〔小生扮巢眞上〕巢眞叩頭，不知老爺有何使令？〔外〕巢眞你去認那屍首，可認得麽？〔小生看介〕那屍首小人認得是船家勞得月。〔外〕速拿勞得月家屬。〔雜拿貼上〕勞得月妻子賈氏拿到。〔外〕你去認那屍首，是你丈夫不是？〔貼認屍介〕正是小婦人的丈夫，不知是何人謀害，萬望老爺做主。〔外〕我且問你丈夫何日離家，曾與你有甚話說，平日裏專與何等人走動，一一說來！〔貼〕三日前丈夫曾對小婦人說，笮河留老媼家，教他井裏尋甚麽玉鳳釵兒，約了他吃酒弟兄莫弄風同去。〔外〕這等事，眼見得七八了，且把賈氏帶起。〔貼下〕〔外看釵介〕我看這釵團花雙鳳左右廻顧，井中失落的，與他必定是一對，巢眞你到莫弄風家裏搜出那股釵兒，便拿來見我。〔小生〕領會得。〔下雜隨下〕〔外弔場〕符氏之女，或在笮河留家也不見得，待我易服微行，以賣釵爲名，訪他一遭兒。

清江引 我潛蹤詭跡機關祕，就裏非無意。魚服可防身，鳳侶終成配。方顯得紫雲鄉神仙吏。〔下〕

第三折

金焦葉 〔旦〕千愁萬愁，恨薄命姻緣不輳。漏洩了一段根由，担閣的兩邊僝僽。

初意慕長卿，夜亡不足惜。豈期遇狂童，中道相逼迫。所幸無辱身，甘心見沉溺。雖爾假餘生，中腸懷惕息。奴家符似仙，自從留母救命，收留在此，又是四日了。咳！我倒也將就過了日子，只是父親失了奴家，畢竟又要那白秀才受累，如何是好？好叫我放心不下也！〔外便服上〕欲覓遺香女，權爲衒玉人。到此已是笮河留家，竟自進去。〔叫介〕賣釵，賣釵。〔旦〕客官請出，我這裏不買釵。〔外〕好一股團花鳳釵，不要當面錯過了。〔旦驚介〕既是團花鳳釵，乞借一看。〔外付釵介〕〔旦認釵介〕呀！釵兒呵！

山坡羊 我望你 意孜孜朝陽求偶，我望你 影雙雙粧臺聚首。誰知你 信沉沉偏能誤人，却教我 眼昏昏，趁着窮途走。釵也休，你是 殺奴兩刃矛，無端累我，累我聲名醜。今日裏 鳳去還來，蕭郎知否？（十四）〔外〕既是往事了，只管哭他則甚。〔旦〕啾啾，楚王弓若個收。（十五）〔外〕畢竟這釵兒還有一股麼？〔旦〕悠悠，少原簪何處搜？

〔外〕娘子，這釵兒卑人頗知來歷，聽我道來。

前腔 他只好 碧油油雲鬢斜溜，他只好 顫巍巍瓊花雙鬭。怎教他 路迢迢做賓鴻寄書，因此上 密層層難脫蓬蒿手。休怨尤，他也曾 求凰四海遊，今朝求鳳，求鳳遭機搆。只要 五彩依然，那高岡如舊。〔旦〕敢問客官，那人不得這釵，却如何下落也？〔外〕憂愁，爲亡猿作楚囚。（十六）〔旦〕後來不知怎麼尋出這股釵兒？〔外〕推求，那驚鱗上玉鉤。

〔旦哭介〕這等說起來，白秀才果然受累，兀的不苦人也。〔外〕你且不要啼哭，我是烏陽郡差來緝訪的公人，賴得太爺賢明，白秀才也不曾受虧，已拿下湛婆駱喜一干人犯，只等尋出符家女子，便斷與白秀才爲夫婦了。〔旦〕不瞞長官，奴家便是符氏之女。〔外〕這等說，你明日拿了這釵，當堂首告，包你定有好處。〔旦〕如此多謝指教。

憶多嬌　我失故丘，懷宿讐，鎭日無言空淚流；賴有賢明千石侯。〔合〕幸賜良籌，幸賜良籌，覆水還能再收。〔外〕〔前腔〕你怨未偕，情未酬，都在璠釵雙鳳頭；速赴黃堂莫逗遛。〔合〕幸有良籌，幸有良籌，覆水從今再收。〔下〕

第四折

〔小生扮巢眞上〕一身供使令，兩足任奔馳。小人巢眞便是。蒙太爺差往莫弄風家裏，溜出釵兒，却好那廝上場決賭，剛剛把那股鳳釵作注，被我一把搶來，連人拿解太爺，將次升堂，只得在此伺候。〔外〕〔雜引上〕

掛眞兒　馳道光輝懸碧幰，四週遭肺石無冤。失鳳無憑，合釵有據。〔笑介〕不覺把吟髭笑撚。

〔小生〕巢眞叩頭，昨蒙太爺差遣，莫弄風家鳳釵，被小人溜出在此，本犯拿在府前伺候。〔外接釵介〕好一個了事的公人也，〔小生〕〔外〕手下，帶上湛婆駱喜聽審。〔雜叫介〕〔淨上介〕〔外〕

北寄生草　湛婆你引鳩鳥平欺鵲，駱喜你做鷗兒强配鴛。染丹綿點作夭桃片，攙黃絲搓就垂陽線，閃綠羅掩却新蕉扇。你道是移星換斗少人知，又誰知，藏鬮隱露終須見。

湛婆，造意謀財法所不赦。駱喜誘奸害命律有明條。帶下。〔雜帶淨丑下〕〔外〕帶上賈氏莫弄風聽審。〔雜叫介〕〔貼副淨上〕〔外〕

前腔 賈氏，你爲比目剛遭獺，莫弄風，你似螳螂緊捕蟬。見青蚨改換曹劉面，（十七）使黑心拆散朱陳眷；（十八）到黃泉結下孫龐怨。（十九）你道是彎弓下石少人知，又誰知冤頭債主終須見。

賈氏夫寃得雪，發放寧家。莫弄風人命關天，監候處決。帶下。〔雜貼副淨下〕〔外〕帶上符明白受之聽審。〔雜叫介〕〔生末上介〕〔外〕

前腔 符明，你浪談虎偏驚市，白受之，你未飡羊枉受羶。待分香未得韓郎便，（二十）縱調琴難遂相如願；（二一）試囊金別有秋胡騙。（二二）你道是殃魚禍水少人知，又誰知排雲撥霧終須見。

符明誣告不實，本當反坐，姑且饒恕。我看白秀才這般才貌，也不枉了你家門楣，好好把女兒嫁他。白秀才速換衣巾相見。〔生〕多謝大老爺作養。〔下〕〔末〕小人的女兒遠沒有下落。〔外〕不要忙，少刻便到。〔旦沖上〕爺爺告狀。〔外〕看那女子手執玉釵，可收上來，女子發丹墀伺候。〔雜應介〕〔生衣巾上〕幸逃無妄罪，喜遇有公平。生員白受之稟拜謝。〔外〕不消拜謝，符氏過來，我公太守替他們做個主

婚，兩股團花鳳釵做個媒妁你兩人便可當堂交拜，行夫婦之禮。〔生旦拜介〕〔生〕

南解三酲論落魄愧予偃蹇，解憐才感爾嬋娟。桃園有路人非阮，(二三)向東風未着鞭。〔轉向外唱〕幸然塡合氤氳卷，從此賡歌窈窕篇。〔合〕都懽忭，都懽忭，羨于飛雙鳳，雲路同騫。〔旦〕〔前腔〕待舉目好生靦腆，却羞郞害盡纏綿，落花空泛流波軟，悵春風未有緣。〔轉向外唱〕不須寄恨長生殿，(二四)自有催粧和合仙。〔合前〕

〔外〕這兩股鳳釵還你夫婦去。〔生旦接介〕

尾聲〔合唱〕從今打入詞人傳，是一本大雅的龍圖公案，把銀燭高燒續舞筵。〔並下〕

(一)葉憲祖，字美度，一字相攸，號桐柏，又號檞園居士，明餘姚人，萬曆進士，官工部主事，坐魏忠賢生祠不肯督工，削籍，後起歷廣西按察使。工樂府，有團花鳳，北邙說法等劇。(二)見徐渭雌木蘭注二。(三)潘安小字檀奴，故婦人呼所歡爲檀郞。又堅瓠集：詩詞中多用檀郞字，檀喻其香也。(四)晉孫綽作天台山賦，人謂其擲地作金聲。(五)展季，卽柳下惠，古稱柳下惠性極純潔，雖婦人坐於懷亦不爲動。(六)巫臣，春秋楚人，楚莊王及子反皆欲取夏姬，巫臣阻之，後自取之以奔晉。(七)濮上爲男女相悅之地。(八)西廂記，崔鶯鶯有婢名紅娘。張生私爲之禮，使通意于鶯鶯。(九)晉賈充少女賈午見韓壽姿容而悅之，有家人曰邊嫗，使其潛通音好。(十)見汪道昆洛水悲注八。(十一)晉郄鑒使門生求女壻於王導，導令就東廂偏觀子弟，門生歸謂鑒曰：

『王氏諸少並佳，然聞信至，皆自矜持。惟一人在東牀坦腹食，獨若不聞。』鑒曰：『正此佳壻耶！』訪之，乃王羲之也。（十二）子都，古男子之美稱也。狂且，狂醜之人也。詩曰：『不見子都，乃見狂且。』（十三）見徐渭雌木蘭注四。（十四）唐崔郊有婢，鬻於連帥，郊有詩曰：『侯門一入深如海，從此蕭郎是路人。』連帥覩詩，命婢同歸。（十五）家語：『楚共王出游，亡其烏號之弓。左右請求之。王曰：「止！楚人亡弓，楚人得之，又何求也？」』（十六）左傳：『晉侯觀於軍府，見鍾儀，曰：「南冠而縶者，誰也？」有司對曰：「鄭人所獻楚囚也。」』後人稱爲境過窘迫者曰楚囚。（十七）曹劉，指曹操劉備。（十八）徐州古豐縣有朱陳村，只有兩姓，世世爲昏姻。後人稱昏姻之好曰「陳朱」。（十九）孫臏龐涓，戰國時人，同學兵法於鬼谷子。涓爲魏將，嫉臏之能，刖其足。齊淳于髡使魏，載臏歸，威王以爲師。魏攻齊，臏設計困涓，涓智窮自刎。臏由是名高。（二十）見本注九。（二一）見關漢卿竇娥冤注二。（二二）魯有秋胡子，納妻五日而官於陳，五年乃歸。未至家，於路旁見婦人採桑，美而悅之，下車謂：『力田不如逢豐年，力耕不如見公卿。吾今有金，願以與夫人。』婦曰：『婦人當採桑力作，以養舅姑，不願人之金。』秋胡歸，至奉金遺母，母使人呼婦至，乃向採桑者也。婦惡其行，因東走投河而死。（二三）漢劉晨阮肇，入天台採藥，溪邊有二女子，忻然如舊相識。（二四）唐明皇與楊貴妃於七月七夕，私約長生殿下，訂生生世世爲夫婦之盟。

四絃秋 一名青衫泪(一)　　蔣士銓(二)

第一齣　茶別

商人重利輕別離

前月浮粱買茶去

第二齣　改官

我從去年辭帝京

謫居臥病潯陽城

第三齣　秋夢

夜深忽夢少年事

夢啼粧泪紅闌干

第四齣　送客

座中泣下誰最多

江州司馬青衫濕

第一齣

〔外淨旦丑扮客二雜挑茶籮隨上〕

中呂過曲〔尾犯序〕百草聽驚雷，穀雨將臨，纔過寒食，約伴牽車，看筠籠分擔。〔外〕春衫逐紅旗，〔淨〕散入青林下。〔旦〕陰崖喜先至，〔丑〕新苗漸盈把。〔外〕我等江湖茶客，每年合夥向各處產茶之地，販賣新芽，以資利息。兄等其有幾種了？〔淨〕我在浙江，買得龍井日鑄，鳩坑顧渚茶，各五十觔。〔旦〕我在漢口，買得四川雀舌鳥嘴，麥顆露芽各五十觔。外有雅州蒙頂茶二十觔。〔丑〕我在江南，買得宣興含膏，宣城丫山，壽山黃芽，六安小峴，各種約三百觔。老哥呢？〔外〕我今年只在江西本省，買得袁州界橋茶二百觔。昨到河口，買了建州武彝二百觔。聞得徽州松蘿珠蘭今年最佳，目下徽客齊集浮梁，我們何不一同前去。〔衆〕有理。〔丑〕此地九江，有一敝友，叫做吳名世，他積年慣走浮梁，待我尋着他，便好相煩指引。〔衆〕極妙了。〔合〕休遲，拋撇下妻嬌子穉，經歷遍吳頭楚尾。（三）都只為青蚨白鏹，生理在槍旗。

〔下小旦紫衫綠背心抱琵琶上〕

北黃鐘〔醉花陰〕酒陣歌塲盡拋拾，舊衫裙香消蘭麝。嫁了箇多財壻，寡情爺。便做道恩愛差些，休得要恁離別。〔放琵琶桌上坐介〕兔絲固無情，隨風任傾倒。以色事他人，能得幾時好？

春風你來爲阿誰。蝴蝶忽然滿芳草。妾身花退紅，本是長安名妓，芙蓉兩頰曾勻北地胭脂；楊柳雙蛾新點南都石黛。春蠶半老猶戀三眠綠葉，成陰尚含一笑。去年嫁與茶客吳郎，泛宅潯陽江上，隨他莽漢，不解溫存；負我芳情，只增惆悵。清明已過，聞他又要出門。咳，天長岸闊，草長鶯啼，只好守着琵琶過活也呵。則這答 江水九條斜，准備 着淚珠兒一樣瀉。

〔末扮茶客上〕 深知茶故事，未解酒生涯。喜鑽銅窟籠，不受玉渾家。俺吳名世，販茶爲生，浮家度日，這隻船兒是我的，不免上去。〔小旦〕 吳郎在何處頑耍，此刻方歸？〔末〕 新茶將出，我打算向熱鬧地方去做些買賣，你意下如何？〔小旦〕 春光明媚，正好夫妻廝守，幾貫錢鈔，值得甚的來？〔末〕 娘子差矣！

南畫眉序 田宅沒些些，子母相權是行業。甚桃花柳絮，莫漫攔遮，肯貪伊鳳枕鴛衾，躭擱我銅山金穴。〔小旦〕 你我二人衣食所需無幾，何必奔走風塵，自尋勞攘？〔末〕 錢財重于性命，說甚勞攘！你看那些吃慣了現成飯的，到饑寒時百樣去向人求乞，有誰顧盼來？ 天涯，蕩子同辛苦，不換與錐刀籌筴。

〔小旦長嘆介〕 咳！

北喜遷鶯 一任俺恁般牽惹，虧了恁下得拋撇，傷也波嗟。〔末〕 我在家守着，就要生病呢。〔小旦〕 命注定影單形子，但骨肉團圓，便似 着了邪，爽快煞你無家別。〔末〕 其實在外受用。

〔小旦〕啐你！既然學辭花病蝶，就不該做抱樹饑蛇。〔悶坐介〕

〔末〕娘子不要惱，鵓婆取酒來。〔淨取酒放桌上下介〕〔末〕俺與你作飲杯酒，你彈着琵琶唱箇曲兒我聽，出門的話，再商量着，好麼？

南畫眉序　對酒莫咨嗟，做水鳥雙棲傍蓮葉，把春光一片，賣了還賖。〔小旦改容介〕不是奴苦苦留你，爲你中年的人，也要養息些兒。〔末〕娘子是好意。拚周旋暮雨朝雲，權領受曉風殘月。娘子你彈唱一箇兒，琴調瑟弄都無謂，只倩你四絃輕拽。

〔小旦〕當眞不去了？〔末〕不去了？〔小旦喜介〕

北出隊子　深感你把相思除赦。這纔是，美夫妻着疼熱。〔斟酒介〕看一看，陌頭楊柳把郎遮。想一想，我本將心托明月，難道是，露水姻緣舊狎邪。

〔丑上〕

南滴溜子　襄陽估，襄陽估，伴兒慣結，潯陽友，潯陽友，話兒細說。我烏子虛，爲訪吳兄，一逕到此，這隻船兒是了。認明春江雙楫，吳哥有麼？〔末〕呀！子虛兄弟來了，請上船來。〔丑〕兄嫂奉揖了。

〔小旦〕叔叔從何處來？〔丑〕我自京都南下的。要輕裝趁雨前，收他嫩荈，幸得相逢，眞箇快悅。

〔末〕請坐了。〔小旦〕叔叔長安來，可見俺兄弟麼？〔丑〕成德軍反了王承宗，黔中反了張伯靖，蔡州反了吳元濟，朝廷四路用兵，令弟選入軍伍。李元帥出兵去了。〔小旦驚介〕〔介〕今番害殺人也！

北刮地風 則俺沒箇親娘沒箇爹，誰把他補入軍帖？做不得木蘭替代空爲姐，（四）埋怨殺一對鸞靴。叔叔，俺兄弟嬌生嫩養，如何使得鎗，打得仗？〔丑〕這是死生大數，只好聽之天命，你也不必過慮了。〔小旦哭介〕哎喲！死和生不許分說，待揚旗風沙慘烈，待磨刀隴水嗚咽；也算做一世人古戰塲屍骸橫野。〔末〕娘子不必過慮，倘然殺賊立功回來，做個大大的官也不可知。〔小旦〕咳，便做到未央宮將軍能奏捷，輪不到小兜鍪凌烟圖寫。（五）還有一句話問叔叔，俺姨娘老人家，尚康健麼？〔丑〕不要說起。

南滴滴金 老年人燭淚風前灺，況茶飯參苓都欠缺，病龍鍾怎挨得多時節。不但姨娘亡故，就是你的曹師父穆師父，皆已先後去世。如今京師彈琵琶的，沒有舊人了。〔小旦哽咽介〕〔丑〕堪嘆他兩善才，歸墓穴，鵾絃斷絕。提不起少年塲，枝共葉。留下你弟子紅粧，漸朱顏變也。〔末歎介〕不要說了，兄弟現成酒，吃一杯兒罷。〔對飲介〕〔小旦〕

北四門子 但傳來音信凄涼絕，不由人不痛復嗟。可怎生滿林病葉全凋謝，猛教咱哭的呆。〔大哭介〕俺的姨娘呵，料想你藥也賒，棺也賒。便紙錢灰，天涯誰個拾？俺的曹師父，穆師父呵，可憐你生共車，死共穴；舊梨園，誰立所琵琶神社？

〔丑〕嫂子不要哭，讓我們說正經話。吳哥今年徽州新茶甚好，衆夥友要往浮梁販賣，特來邀你同去，

〔末〕我正要去，如此即便束裝了。

南鮑老催疾忙去者，無多行李堪打疊，無多家計堪放撇。〔丑〕如此告辭，我們大船在江口拱候便了。〔下〕〔小旦〕這是那裏說起，你眞箇就去麽？〔末〕娘子買賣事大，顧你不得，休留滯，休拉扯，休饒舌。可不道從來重利輕離別。〔小旦〕客中情緒，也要調停。〔末〕這箇不勞記念，沿途口岸都有舊交姊妹，頗不寂寞。你若害悶，把琵琶消遣消遣，俺就回來的。〔取行李介〕金多便是歸時節，你有琵琶在消長夜。卑人去了。〔逕下〕

〔小旦呆立長嘆介〕

北水仙子歎歎歎歎，幽意賒，枉枉枉枉了俺一片柔情難襯貼。恨恨恨恨採茶人掐斷春芽，把把把把一縷茶烟吹折。待待待待要消人渴吻熱，轉轉轉轉丟却自己風生兩腋。咳！生世不諧，配此俗物，回憶酒闌歌散，何異熱官遷謫，冷署蕭條也。算算算算走馬蘭臺福薄些，則則則則索向孤舟殘燭消磨者，論論論論人世事怎生說？

〔悶伏椅上介〕〔副淨艄婆上〕哎喲，大爺去了，娘子哭壞在此，喂，娘子娘子，不要癡了。

〔南雙聲子〕娘情切，娘情切，須彼此相縈結。郎心劣，郎心劣，莫勉强相團揑。娘子，不但夫妻，大凡世上的交際都是如此，再不要去白殷勤假親熱；我老人家見得多說得不差的哩。火易滅，火易滅，冰易裂，冰易裂；這村夫不過是個茶客。

〔小旦拭淚取琵琶介〕

〔北尾煞〕枉撥箜篌做君妾，勸狂夫不肯停車。唉！琵琶呀，則靠你彈出我一聲聲子規襟上血。〔下〕

第二齣

〔外扮院子跨馬上〕臺諫背藏舌，宮坊强出頭。才高官不利，謫貶去江州。我乃給事中薛存誠老爺家院子是也。前者相爺武元衡五鼓上朝，黑暗中被人刺死，百官惝懼，聖上震驚，却有左贊善白居易老爺，飛忙上本請急急捕賊，以雪國恥。不料惱了韋貫之張宏靖兩位宰相，說道御史未言，坊官多事，甚屬可惡。就中有人，平日與白爺不合的，乘機參劾，說白爺的母親因看花墮井而死，白爺反作賞花新井二詩，大爲不孝，貶作江州刺史。學士王涯老爺又說他所犯情重，不應理郡，改貶司馬之職。今日起行，俺薛爺與白爺同鄉好友，着我向渭橋郵亭內，備酒一杯相餞。只得飛馬前去。正是宦海升沉都有數，人情冷暖此時眞。〔下〕

〔生冠帶騎馬旦夫人二旦婢坐車老旦院子仝上〕

中呂過曲〔粉孩兒〕依依的下銅樓辭鳳闕，載驢腰詩本半肩書畫。下官白居易，昨以言事左遷，貶謫江州司馬。今攜家南去，出得城來。夫人你看南山拱揖，渭水瀠環，者有留人之意。〔旦〕便是。〔合〕看風次葉落何處家，上林邊已換宮鴉。記得三月間在此送柳子厚去柳州，劉夢得去連州，恰好元微之移通州，亦來相見。今日滿眼秋光，身爲遷客，不覺行年四十四齡矣。〔旦〕相公且免愁煩，戴南冠，不少纍囚，着靑衫，猶是司馬。

〔全下〕〔小生三鬚冠帶策馬引僕上〕

紅芍藥　才子去，漂泊長沙；故人稀，冷落京華。下官薛存誠，官居給事。前日在三省閱京兆府申來堂狀，說白贊善之母，因恚恨墜井一事，四坐驚駭。下官與樂天同居隣比，向知白母素有心疾，因貧苦憂憤發狂，曾持葦刀自刎，得救不死。後來失脚斃於井中，豈關人子不孝之故？乃向中書裴相極力辯明，方免嚴譴。今日聞他起身，爲此急急趕去相送。想行李蕭然渡淸灞，賃柴車蹇驢同跨。我想樂天，上受主知，凡有所言，皆蒙採納，甚至論事殿中，天子變色，尙能容受不解。若輩是何肺肝，居然排斥，不遺餘力至此。喧譁，白日磨齒牙；守天門，獰猫堪怕。咳！方今有道之世，尙且如此，難怪六朝擾攘時，賢人把臂入林也。任薰天，炙手相誇；冷心人，不煩提拔。

〔下〕〔生引衆上〕

要孩兒　去國遲遲鞭徐下，戀闕思明主，問何年再入京華？〔外上跪稟介〕白爺，請駐馬，俺爺備有卮酒相餞。〔小生內叫介〕樂天兄少待，〔生〕嗟呀，蕭條路，誰策飛來馬？〔小生騎上〕店門前，半樹垂楊亞；說一句，郵亭話。

〔雜推車下生小生下馬介〕〔生〕賓明兄，何故趕來？〔小生〕兄以無妄之災，遽遭遠謫，特來拜送，院子看酒，〔生〕罪譴之人，蒙兄顧盼，古誼高情，令人感佩！〔小生送酒介〕吾兄此去呵！

會河陽　骨比兼金，身無寸瑕。賜環音，早晚報燈花。江州乃雲水勝區，正堪陶寫。放衙有五老高寒，雙姑淡雅；（六）風與月，應無價。〔生〕小弟關東一男子耳，讀書屬文外，一無通曉。而愚思濟物，哲愧保身。志未就而悔已生，言未聞而謗已速。作孔戡詩，衆情不悅矣。作秦中吟，權豪貴近，目瞋而色變矣，作樂遊園詩，執政柄者已扼腕矣，作紫閣村詩，握兵權者又切齒矣。或以爲沽名，或以爲訕謗，乃至骨肉妻孥，皆以爲非。此去定當焚棄筆硯，浮沉半刺中。吾兄剛毅之性，亦當裁抑。雖主上聖明，特恐羣怒難犯耳！

〔小生〕便是。〔生〕報君直得死。何須怕；報恩無可做，應須罷。

〔雜扮兵將鎖押二盜上〕

縷縷金　懸重賞，共追拿，漆身難放你，漏網怎容他。〔小生〕你們拏的何等樣人？〔雜〕前日聖上，因兵部侍郎許孟容老爺所奏，下詔捕賊，有能擒獲者，官封五品，錢賞萬緡。爲此神策將軍王士則，威衞將軍王士平，合兵拏得大盜張晏等十八人，皆是反賊王承宗所遣，將他押解進京去。首與從，都無辨，一齊皆殺。〔小生〕快哉！虧了你們好本事。〔雜〕爺還不知，賊倒拏着了，可惜開頭上本的一個白贊善不曾看見，反貶了官兒向南去了。讓焦頭爛額戴烏紗，他賢名在天下，賢名在天下。

〔押盜下〕〔小生鼓掌大笑介〕道路之言，皇皇公論，樂天不枉此行矣。

越恁好　何須青史，何須青史寃鼓未煩撾，是非黑白，愚賤口不爭差。〔生〕雖然如此，但小弟為國建言，豈有近名之念。不能焚諫草，罪當加，借存獻納。天色漸晚，就此告別矣。〔拜介〕朝廷事，從此望兄撐架；江湖夢，從此為兄牽掛。〔各上馬介〕〔小生〕〔聲〕潯陽九派風波大，休將客淚墮清笳。請了！〔下〕〔生〕咳，明日裏，西望長安不見家。〔下〕

第三齣

〔副淨艄婆搖船小旦上〕

越調引子〔霜天曉角〕空船自守，別恨年年有。最苦寒江似酒，將人醉過深秋。

〔副淨下〕〔小旦〕〔西江月〕昔住蝦蟇陵下，今居舴艋舟中。伯勞飛燕影西東，做了隨鴉彩鳳。洗却剩脂零粉，禁持細雨斜風。春情已逐曉雲空，但與蘆花同夢。奴家花退紅，自送吳郎往浮梁買茶去後，音信杳然。叫奴家寂守孤舟，依棲江上。韶光過眼，秋氣感人，迴憶少年情事，好生教人迷悶也呵！

小桃紅　曾記得　一江春水向東流，忽忽的傷春後也。我　去來江邊，怎比他　閨中少婦不知愁。纔眼底，又在心頭。捱不過　夜潮生，暮帆收，雁聲來，趁着蟲聲逗也，葦牙檣，數遍更籌，難道是我教他去覓封侯？

〔伏几睡介〕〔老旦上〕以因成夢，因夢則醒，一切起滅，皆幻泡影。退姐起來。〔小旦〕呀！你是我的姨娘，多年不見，從何處來？〔老旦〕因你出京後，我等門戶中十分減色，長安豪富子弟，如楊崇義，郭萬金，劉逸，衞曠等，一箇箇思想你的琵琶，都來到我家問你下落。〔小旦〕哎喲！京中彈琵琶的儘多，何必念着女兒來？〔老旦〕只爲你：

下山虎　半肩舞袖，一串歌喉，紅粉人非舊，銀箏自搊。但弄着鵾絃，讓伊好手，〔小旦〕那康崑崙，鄭中丞，段師，楊姑，各家的弟子如何了？〔老旦〕都相繼散亡，零落殆盡矣。〔小旦泪介〕時移物換，不但文人學士，逐漸凋零，可歎也。　便風月烟花一例休。〔老旦〕二等人，隨處有，一等人難與求，百事皆將就。甚人害羞，數不盡　重抱琵琶過別舟。哪，你那些舊日朋友都來了，我去備酒來。

〔下〕〔末〕〔凈生副凈扮豪家從人捧金帛上〕

五韻美　戲芳叢，抛紅豆，黃金論笏珠論斗。把　愛錢人買得笑歪口。來此是花退娘家，不必進去。〔小旦〕呀！列位官人何處來？〔末〕我們訪了幾時，方知你移居在此。今日各帶薄禮相送，要與你歡聚片時。〔小旦〕多謝了。姨娘取酒來。〔老旦送酒上〕列位官人請坐。〔淨〕小厮們將禮物交與媽媽。〔老旦〕哎呀呀！好東西呀！〔收下〕〔生〕退娘，我們今日呵！尋花問柳，要聽你琵琶新奏。〔副淨〕退娘，可還記得我的姓名麼？〔小旦笑介〕怎麼不記得，呃是這箇，〔淨〕呃是這箇，〔大笑介〕兄也太癡了。你爲的是這箇，他爲的是那箇，幾曾見天下爲這箇那箇的人，豈有記得姓名之理。不過是鑽時送，賣處收。君不見到酒散歌闌大家撒手。〔末〕休得瑣碎，我們坐了罷。

〔小旦送酒介〕

五般宜　當日箇，試花驄，伴君冶游；今日箇，擎玉盞，勸君款留。〔生〕退娘，琵琶哩。〔小旦〕且快飲一回，少停請教。還只怕，彈出半林秋。〔副淨翻酒介〕〔淨〕呀！打汚了退娘鮮紅裙子哩。〔小旦〕不妨，你看這一點半點暈痕，原有天長地久，鸞交鳳友；但只願洗不淡的濃情，沁奴心都似酒。

〔金鼓喊殺聲衆驚散下雜扮兵將合戰下〕〔丑扮兵執藤牌趕上回身見旦立住猛叫一聲姐姐急下〕〔小旦呆介〕呀！那是我的兄弟，他竟去了。

山麻稭　眞戰馬，風雲驟。他爲甚帶劍飛行，不肯停留。想是主帥利害，不許片刻遲誤，咳呀！天

天那 休休，他生來不像能長壽。可憐爹娘養我兩箇在世上，幹些甚的事來，分做了塵沙鬼魅，干戈魂魄，粉黛骷髏。

〔外末錦底花帽白鬚仝上〕女學生不要哭了。〔小旦〕原來是曹師父，穆師父，一向康健麼？〔外末〕好，你可好麼？〔小旦〕師父聽啟：

黑麻令 抛撇下青樓翠樓，便飄零江州外州，訴不盡新愁舊愁，做了個半老佳人，斷守定蘆洲荻洲。〔外末〕耐煩些兒罷。〔小旦〕二位師父在何處過活？〔末〕我們依舊在梨園承值。〔外〕因記念你，所以同來看看。不料你也憔悴了。〔小旦〕多謝師父！〔悲介〕渾不是花柔柳柔，結果在漁舟釣舟；剩當時一面琵琶，斷送了紅粧白頭。

〔內敲鑼五更外末下〕〔小旦仍坐作醒介〕呀！原來是一場大夢！

江神子 我道是低迷燕子樓，(七) 却依然身落扁舟。這都是我心中思想結成的喲！為此枕邊現出根由。〔內吹角介〕聽孤城畫角咽江流，問誰向 夢兒中最久？呀！這帕兒上淚痕，早則如許也！

尾聲 少年情事堪尋究，淚珠兒把闌干紅透。咳，不知他那幾擔的新茶可曾賣否？〔下〕

第四齣

〔生冠帶引儀從上〕潯陽江頭夜送客，楓葉荻花秋瑟瑟。苦竹黃蘆繞宅生，住近湓江地低濕。下官白居易，去歲改任江州，不覺一載。公餘退食，與夫人楊氏賦詩飲酒，令樊素、小蠻兩婢清歌遣日。而且黃花滿逕，不須陶令折腰；翠黛撲人，常與匡君攜手。甚覺地絕煩囂，心生歡喜。今有好友二人北上，適纔散席歸船。左右帶馬，隨我往江口送行去。〔上馬行介〕

南呂過曲〔香柳娘〕趁疎林暮景，趁疎林暮景，江空如鏡。仗顛風暫且留帆影。〔雜〕到了。〔生下馬小生丑紗帽便服同上迎介〕樂天兄，適已拜辭，如何又勞遠步？〔生〕兩兄呀，我與你醉不成歡慘將別，別時茫茫江浸月。〔小生丑〕主人下馬客在船，舉酒欲飲無管絃。謝離筵特盛，謝離筵特盛；殘柳不勝情，遠勞使君贈。〔生〕問今宵酒醒，問今宵酒醒；但願千里潮平，一帆風正。〔小生丑〕樂天兄，請坐，弟輩此去，臨別贈言，尚祈指教。〔生〕今年春夏間，王承宗兩被盧龍節度使殺敗，吳元濟又轉戰不已，五月宥州大亂，幸得田縉勦滅，因而蠲免各路鄰賊州郡租稅。廟堂之上，已覺擾擾不寧。昨聞李逢吉拜門下侍郎同平章事，不勝扼腕。此人生性嫉妬，奸險多端，向來陰結八關十六子，傾害朝士，沮抑正人。裴晉公且受彼排擠，其他可知矣。二兄此去呵！

前腔 到名場自省，到名場自省；可能安命，怕趨炎不辨冰山冷。〔丑〕〔小生〕王叔文黨禍方了，李逢吉何以尚敢如此？歎人心死盡，歎人心死盡，爵祿負朝廷，衣冠雜邪正。〔內小旦〕〔彈琵琶聲唱〕風吹柳花滿店香，吳姬壓酒勸客嘗。請君試問東流水，別意與之誰短長？〔生〕呀！這琵琶音調，錚錚然有京都之聲。左右可去小船中問是何人彈唱？〔雜應下〕〔生〕似梨園部領，似梨園部領；如何此聲，江湖重聽？

〔雜上〕禀爺，小船上彈琵琶的一個婦人，說是茶客妻，小原是本京女子。〔生〕叫他泊近大船，將琵琶帶過船來，我要問他說話。〔雜〕呃，那小船上的家長婆，把船移近大船，俺爺要與那彈琵琶的問話哩。

〔副淨艄婆應介〕曉得了。〔搖船小旦淡粧抱琵琶行上〕〔小旦〕

仙呂入雙調〔花新水令〕弄冰絃遺閟；撥金釵，夜深沉，驚動了官船主客。〔雜〕請娘子過船來，是本府白爺在此。〔小旦〕他那裏招邀偏急促，俺這裏梳裹欠安排。〔雜〕娘子快過船罷。

〔小旦〕掠鬢提鞋，則一面舊琶琵遮不住俺洗退的桃花色。

〔生小生合〕

南步步嬌萬喚千呼教人待，瑟縮含羞態。〔小旦過船副淨暗下〕〔生〕移時始過來。〔小旦〕老爺在上，賤妾拜見。〔生〕不勞了。〔小旦福介〕〔生〕看他似斜抱雲和，向宮簾偷拜。今夕八月雙清，當與兩兄洗盞更酌。左右擺上酒來，那邊放一張椅兒，請這位娘子坐下。〔小旦〕賤妾理應侍立。〔生〕不必推辭，坐下罷。〔小旦福介〕告坐了。〔生小丑酌酒〕〔生〕你把姓氏里居，及一向行藏踪跡可彈着琵琶，訴與我聽。燈剪宴重開，訴衷情，不用閒遮蓋。

〔小旦〕老爺聽啓〔彈介〕

北折桂令　住平康（八）十字南街；下馬陵邊，貼翠門開。十三齡，五色衣裁。試舞宜春，掌上飛來，第一所烟花錦寨，第一面風月牙牌。颭鴉鬟紫燕橫釵。蹴羅裙　金縷兜鞋。這朶雲　不借風行，這枝花　不倩人栽。〔生〕好手法也。

南江兒水　玉筍斜飛處，珠盤亂落來。似　雨聲點滴泉聲帶，似　人語凄涼鶯聲賽，似　軍聲雜遝刀聲快。看　信手低眉情態，這　切切嘈嘈，說不盡心中無柰。你這琵琶是誰傳授的？

〔小旦彈介〕

北鴈兒落帶德勝令　老伶工，梨園兩善才。（九）小忽雷，樂府雙渠帥。五陵兒（十）同催百寶粧，錦纏頭，一笑千金買。呀，但歌成擊節碎金釵，但粧成借手添螺黛。甚　冬郎媚得眼兒乖，（十一）甚　秋娘妒的心兒壞，（十二）筵開，酒汚了芙蓉色；花開，香迷了荳蔻胎。

〔小生丑〕彈得一發入神了。

南僥僥令　絃絃聲掩抑，字字韻和諧，慢撚輕挑無防礙，何必聽湘靈鼓瑟來？〔生〕你如何得到此地？〔小旦彈介〕

北收江南呀 算一年間歡笑一年來，把春花秋月漸丟開。可憐人福過定生災。〔悲涕介〕

歎從軍弟幼姨衰邁，赴黃泉死埋葬沙場活該。只留下 江湖憔悴一裙釵。〔哭介〕〔衆掩泣介〕〔生〕盛衰之感，煞是傷心也。

南園林好瘦嬋娟，啼痕暗揩；鈍男兒，泪珠似篩；同一樣天涯愁憊。〔洒泪介〕〔小生丑〕呀！樂天，何以大慟起來？〔生〕我出官兩載，恬然自安。忽聽此婦之言，令我無端感觸，人生榮悴大都如是耳。

流落恨怎丟開？還謫恨，上心來。你索性說完了罷。〔小旦〕

北沽美酒帶太平令 冶遊稀閉綠苔，冶遊稀閉綠苔。洗紅糚，嫁茶客。他一去浮梁不見來。守空船難耐；歡娛夢好傷懷。〔完介把〕四絃收一聲裂帛；曲終時，低鬟重拜。料西舫東船不解，只一片江心月白。賤妾告退。〔過船介〕恁呵，做官人榮哉美哉，爲甚的 清衫泪灑？〔生放聲大哭介〕〔小旦〕哎呀，把一個 白江州無端哭壞。

〔下〕〔小生丑〕夜已將半，樂天兄請回府，弟輩就此解纜矣。〔生作別上馬〕〔內鳴金放船小生丑下〕〔生〕咳！這琵琶婦害煞下官也！

尾聲 看江山不改人相代，歎兒女收場一樣哀。明日下官將此事，譜作琵琶行一首，使他日播於樂府，教那普天下不得意的人兒泪同灑！〔下〕

(一)四絃秋，感白居易琵琶行「江州司馬青衫淚」而作，故亦名青衫淚。馬致遠亦有青衫淚。(二)蔣士銓，字心餘，一字苕生，號清容。清鉛山人。乾隆進士，官編修。風神散朗，如晉魏間人。詩古文皆負盛名，詩尤氣體雄俊，與袁枚趙翼齊名。兼工南北曲，有忠雅堂集，紅雪樓塡詞九種。(三)江西居吳之頭，楚之尾，故稱吳頭楚尾。(四)出木蘭從軍。見徐渭雌木蘭。(五)見馬致遠漢宮秋注十。(六)五老峯名，在江西星子縣北，廬山盡處也。雙姑，指九江之大孤山，彭澤縣北之小孤山，俗作大姑小姑。(七)白居易詩序：『徐州故尙書張，有愛妓曰盼盼。尙書旣沒，歸葬東洛。而彭城有張氏舊第，有小樓名燕子。盼盼念舊不嫁，居是樓十餘年。(八)長安有平康坊，妓女所居之地。每年新進士，游謁其中，時人謂爲風流淵藪。(九)小忽雷，曲調名。(十)五陵，謂長陵，安陵，陽陵，茂陵，平陵也。漢時，徙富人及豪傑兼幷之家於諸陵，故五陵多豪富之家。(十一)冬郎，唐韓偓小字。詩文綺麗，嘗作香奩詩。(十二)秋娘，卽李德裕姬謝秋娘。

中華語文叢書

中華戲曲選

作　　者／本局編輯部 編
主　　編／劉郁君
美術編輯／鍾　玟

出 版 者／中華書局
發 行 人／張敏君
副總經理／陳又齊
行銷經理／王新君
地　　址／11494 台北市內湖區舊宗路二段181巷8號5樓
客服專線／02-8797-8396　　傳　真／02-8797-8909
網　　址／www.chunghwabook.com.tw
匯款帳號／華南商業銀行　西湖分行
179-10-002693-1　中華書局股份有限公司

法律顧問／安侯法律事務所
製版印刷／維中科技有限公司　海瑞印刷品有限公司
出版日期／2019年3月台八版
版本備註／據1984年12月台七版復刻重製
定　　價／NTD 300

國家圖書館出版品預行編目（CIP）資料

中華戲曲選 / [中華書局]編輯部編.— 台八版.
— 臺北市 : 中華書局, 2019.03
面 ;　公分. —（中華語文叢書）

ISBN 978-957-8595-68-2(平裝)

853.3　　108000154

NO.H2086
ISBN 978-957-8595-68-2（平裝）